بسم الله الرحمن الرحيم

MEKTUP YAYINLARI

Yazarı : Emine Şenlikoğlu Özkan
Yay. Yönetmeni : Recep Özkan
Kapak-Dizgi-İç Düzen : İrfan Kahramanoğlu
Baskı & Cilt : İstanbul Matbaası
Gümüşsuyu Cad. Işık San. Sit.
No: 21 Zeytinburnu-İSTANBUL
Tel: 0212. 482 51 66

İlk Baskı Tarihi : İSTANBUL EKİM 2011

ISBN : 978-975-6717-94-3

Mektup Adresimiz : **MEKTUP YAYINLARI**
Daruşşafaka Cad. Aksarıklı sk. No: 4/A
Malta - Fatih / İSTANBUL

Tel : 0212. 525 27 06
0212. 521 83 10

Faks: 0212. 534 18 71

www.eminesenlikoglu.org
www.radyomektup

BEN
KİMİN
KURBANIYIM

Emine Şenlikoğlu

Emine Şenlikoğlu Özkan: 1953'te Giresun'un Dereli ilçesine bağlı Anbaralan köyünde dünyaya geldi. Daha sonra sırasıyla; Adapazarı Sinanoğlu'na, son olarak da İstanbul'a yerleşti.

Gençlik yıllarında din arayışına girdi, İncil'i ve Tevrat'ı okudu. Daha sonra İslâmî ilimlerde eşi Recep Özkan ve özel hocalardan dersler aldı. Akâid, hadis usulü gibi ilim dallarında kendini yetiştirmeye çalışıyor.

İlk kez 1978'de yazmaya başladı. *Bursa Marmara, Milli Gazete, Yeni Asya* gazetelerinde, *Sur* ve *Ribat* dergilerinde yazdı. 1985 Şubat'ında eşiyle beraber aylık *Mektup* dergisini çıkardı.

1984'te yazdığı *Gençliğin İmanını Sorularla Çaldılar* isimli eserinden dolayı 1985 Mayıs'ında "laikliğe aykırılıktan" iki yılı gözetim olmak üzere 8,5 yıla mahkûm oldu. İki buçuk yıl hapis yattıktan sonra infaz yasasından yararlanarak hapisten çıktı. 163. madde kalkınca kitap serbest bırakıldı.

Ceza evinde yedi kitap yazdı. O kitaplardan, *Burası Ceza Evi* kitabı toplatıldı. (Yazar, *Burası da Cezaevi* isimli yeni bir kitap daha yazdı.) *Biz Bu Vatanın Nesi Oluyoruz, Ben Kimin Kurbanıyım* isimli kitaplarına da dava açıldı ve bunlar da toplatıldı.

Yirmi kadar kitap yazdıktan sonra, Türkçe ve edebiyat dersleri aldı ve ilk kitaplarını gözden geçirdi. Gelecekteki yazarların aynı hatalara düşmemesi için yazar olmak isteyenlere *Beyaz Devrim Kalemle Başlar* isimli kitabı yazdı. Yazarın üç şiir kitabı var. Aynı dönemde çıkan şiir kitapları arasında *Mahkum Duygular* isimli şiir kitabı Türkiye rekoru kırdı. *Yeni Devir* gazetesinde bazı şiirleri yayınlandı.

Şenlikoğlu'nun yazdığı bir piyes sahneye kondu ve sahasında rekor sayılan izleyici kitlesine ulaştı.

Yazar, yirmi yaşından sonra ilkokulu, kırk yaşından sonra da ortaokulu ve İmam Hatip lisesini dışarıdan bitirdi. Kırk sekiz yaşından sonra üniversiteye gitmek istediğinde, başörtüsü yasağına takıldı. Fakat bu alandaki mücadelesi de devam etti.

Çok kez yargılandı.

Çarşaflı olarak televizyona çıkışından, *İslâm'da Erkek* kitabından *Kadınları Kadınlar da Eziyor* romanına kadar birçok konuda hakarete varan eleştiriler almasına rağmen dik duruşunu korumaya devam etti.

Yurt içi ve yurt dışında birçok konferans verdi, radyo programları yaptı.

İki çocuk annesi olan Emine Şenlikoğlu'nun 1984 yılından itibaren yayınlanan eserleri şunlardır:

1. SERİ:

"GENÇLİĞE HATIRAMDIR"

1- Gençliğin İmanını Sorularla Çaldılar
2- Bize Nasıl Kıydınız
3- Mahkum Duygular
4- Burası Cezaevi *-Toplatıldı-*
5- Burası Da Cezaevi
6- İslam'da Erkek
7- Ne Olur İhanet Etme
8- Ülkemi Arıyorum
9- Biz Bu Vatanın Nesi Oluyoruz
10- Ruhumun Penceresi
11- Kelepçeli Kalemimden
12- Ağlatan Yollar
13- İnsanlar da Kayar
14- Telefonla Röportaj
15- Önce Soru Sorarlar
16- İsimsiz Kitap (Hiciv)
17- Vicdan Azabı
18- Maria
19- İdamlık Genç

2. SERİ:

"İNSANLIĞA ÇAĞRI"

1- İnsanlığın Belgeseli
2- Kıbrıs Sular İçinde Bir Yetim
3- Ben Kimin Kurbanıyım
4- Geri Tepen Kurşunlar
5- Radyo ve Basın Röportajları
6- Televizyon Röportajları
7- Uzaktaki Çığlıklar
8- Geçmişin İzleri
9- Sabıkalı ve Dul
10- Çingene
11- İmamın Manken Kızı
12- Son Pişmanlık Fayda Eder
13- Çin İşkencesi
14- Kadınları Kadınlar da Eziyor

3. SERİ:

"NESİLLERİN ÖYKÜSÜ"

(7'den Yetmişe Herkes İçin)

1- Şirin Köy
2- Küçük Kız
3- Küçük Kelebekler
4- Yılan Yavrusu
5- Kırmızı Elbiseli Kız
6- Satılık Çocuk
7- Topal karınca
8- Küçük Kızın Umudu
9- Hayâl Çocuk
10- Konuşan Serçe
11- Kardeş Sevgisi
12- Depremin Ardından
13- Ağlayan Köpek
14- Ali'nin Dünyası
15- Anne Büyüklere Bir Şey Söyle
16- Baba Sen de Bir Şeyler Söyle

Not: Nesillerin Öyküsü serisindeki öyküler birbirinin devamıdır.

4. SERİ:

"SEVGİNİN SESİ"

1- Hristiyan Gülü *Roman*

2- Harcandık *Roman*

3- Çağrı *Anılar, görüşler*

4- Bunalım *Foto Öykü*

5- Sevgide Hiç Vefa Yok mu? *Roman*

6- Esir Evliler *Roman*

7- Bir Adımlık Koşu *Şiir*

8- Beyaz Devrim Kalemle Başlar *Deneme*

9- Bilseydim (Roman)

10-Erkekler de Derdi Gizli Yaşar

11- Kızlar da Ağlamak İçin Doğmadı -Genç Kızlardan Anılar-

12- Müslüman Kadın Avrupa'da

5. SERİ:

"BİLGİ SERİSİ"

1- Kılavuz: İslâm'ı Doğru Anlamak 4 Cilt

6. SERİ:

"CİVCİV AİLESİ"

BEYAZ SERİ

1- Civciv Ailesini Tanıyalım

2- Özür Dileyen Civciv

3- Karşılık Beklemeyen Civciv

4- Soru Soran Civciv

5- Hastalanan Civciv Çimiçimi

6- Civcivin Rüyası

"CİVCİV AİLESİ"

MAVİ SERİ

1- Civciv Ailesi Kır Gezisinde

2- Suya Dalan Civciv

3- Civciv Ailesi Yardım Ediyor

4- Eşyasını Kaybeden Civciv

5- Civciv Ailesi Dağılıyor

6- Çimiçimi Meşuy Oluyo

Ön Söz

Değerli okuyucu,

"Bu eser hakkında ne istersin?" diye bir soru gelseydi, şunları söylerdim:

* Bu ülkede ne kadar 'adalet adamı' varsa hepsinin, ama hepsinin bu kitabı okumasını isterdim. İmkanı olan okuyucularımın, tanıdıkları hakim, savcı veya avukata bundan bir tane göndersin, ricasında bulunmak isterim.

* Evet, ya bu romanı okumalarını ya da filmini seyretmelerini isterim.

* "Ben Kimin Kurbanıyım"ı bütün devlet adamlarının okumasını isterdim.

* Bu romandaki gerçek hayatın derinliklerinden çıkardığım serüveni bütün ana-babaların okumasını isterdim.

* Beş yıldır, aralıklarla üzerinde durduğum bu gerçek ve derslerle dolu hayat hikâyesini, özellikle genç kızların okumasını, genç delikanlıların da okuyarak ibret almalarını, hatta çocukların bile okumasını isterdim.

• Bütün polislerin, vicdanlı-vicdansız ne kadar polis varsa hepsinin okumasını isterdim.

• Bütün öğretmen ve öğrencilerin de mutlaka okumasını isterdim.

Bu kitabımı, haksız yere zindana atılanlara ve âilelerine ithaf ediyorum.

2 Ağustos 1994
Emine Şenlikoğlu
İSTANBUL

Bir insan zalim olursa cürmü kadar yer yakar,
kanunlar zalim olursa bir ülke giderek dünya yakar.

I. BÖLÜM

Kurban

Ankara'nın Yeni Mahalle semtinde, bir apartman dairesinin oturma odasında iki genç kız konuşuyorlardı.... Konu, Gümüşhane'nin bir köyünden yeni gelen Gülsen'in, köylü giyiminden utanılması.. Teyzesinin kızının istediği gibi, yani şehir hayatının görüşüne uygun olarak giyinmesiydi.

Gülsen, genç kız görünümünde fakat yaşı çocuk yaştaydı, buna rağmen babasının, açık kıyafet giymesine izin vermeyeceğini biliyordu. Esmere yakın kumral Gülsen, babasını üzecek kıyafet giymemeye direniyordu.

Teyzesinin kızı Ayten sordu:

— Gülsen, inat etmeye ne gerek var? Artık bu şartlanmışlıkları bırak da sana bir pantolon bir de bluz giydireyim; sonra da Gençlik Parkı'na gidelim...

Bir an duraklayıp, Gülsen'in annesine, yani teyzesine bakıyor Ayten.

— Annen kötü bir şey söyler mi?

Gülsen oturduğu koltukta, tereddüt ve tedirginlik içinde omuzlarını kıstı. Henüz yeni girmişti on üç yaşına. Ama iriyarı olduğundan, daha büyük görünüyor diye babası hoşlanmıyordu pantolon giymesinden....

Çekingen bir tavırla sordu:

— Giymesem, olmaz mı?!

Ayten'in şehirliliğini gösterme damarı kabarmıştı. İçinden, bu köylü kıyafetiyle insan yerine koymazlar seni, diye geçirdi. Hem de kendi gibi bir şehirlinin yanında yürüyecekti!

Kararlı bir şekilde konuştu:

— Olmaz! Şehirde gezmenin bir usulü var! Hem herkes açık kızım, senin açık olduğunu kimse fark etmez bile...

Gülsen, biraz ürkek bir şekilde annesine baktı. Annesi hiç oralı olmuyordu.... Demek mahsuru yoktu.

— Peki, dedi.

Başörtüsünü başından alıp masanın üzerine atarken, sanki canından bir şey kopmuş gibi, pantolonu giyince kendisini çıplak gibi hissetti. Elinde değildi, ister istemez itiraz etti;

— Aman Ayten abla... Böyle de olmaz ki, her tarafım meydanda sanki! Ben böyle giyemem.

Ayten bu köylü akrabasını yontup şehirli yapma gayreti içindeydi. O da kendi kafasına göre insanlık vazifesini yayıyordu.

Cevap verdi:

— Alışırsın, alışırsın... Şehirlerde nice köylü kızlar kabak çiçeği gibi açıldı. Fazla naz yapma! Sana basen kısmını örtecek uzunlukta bir tunik giydiririm. Saçlarını güzelce tarayıp, hafif de makyaj yaptık mı, dünya güzeli olursun...

Esmer orta boylu olan Gülsen, söyleneni yapmıştı.

İki genç kız sokakta yürüyorlardı. Gülsen adım atarken sanki adımları birbiriyle kavga ediyor, birbirine vuruyordu. Gülsen, herkesin kendisine baktığını sanıyordu.

Gökyüzüne bakınca, bir an gökyüzünün ona kızdığını düşündü... Kaşlarını çatmıştı gökyüzü! Neden böyle açıldın, diyordu Gülsen'e. O her şeyden utanıyordu. Çok geçmeden, "Ama alışırım," dedi kendi kendine, "bunca insan nasıl alışmış..."

Gülsen, hayatının ilk isyan adımını böylece atıyordu.

Belli değildi, hiçbir şey bilinmiyordu, acaba bu adımların son bulduğu yer neresi olacaktı? Kârını zararını bilemezdi... Kâr zarar bir ölçüyle bilinirdi.

Ayten Gülsen'e akıl veriyordu:

— Sağa sola fazla bakma olur mu? Köylü olduğun anlaşılmasın.

Köylülüğün utanılacak bir şey olmadığını bilmiyordu Gülsen. Sadece Ayten'e itiraf ediyordu:

— Olur abla. Şimdi nereye gidiyoruz?

— Seninle gezeceğiz Gülsen. Ankara'yı öğretirim sana.

— Sen nasıl istersen.

— Kendini nasıl hissediyorsun?

— İyiceyim ama...

— Aaa! Amasını mamasını bırak şimdi!..

— Babam diyorum....

— Boşver babanı şimdi. Gençsin, güzelsin... Hayatını yaşamana bak!

Gençlik Parkı'na yaklaşmışlardı. Ayten birden durakladı, aklına bir şey gelmiş gibi yaparak:

— Sen git Gülsen, ben hemen geleceğim. Beni Gençlik Parkı'nda bekle. Bak hemen şurası park.

— Olur abla, ama çabuk gel olurmu?

Gidiş o gidiş... Ayten gelmiyordu. Gülsen ne yaparsa yapsın, Ayten görünürlerde yoktu. Gülsen bir sağa bir sola volta atıyordu. Yüreği ağlamak için kabarıyor, ama gören olur diye ağlayamıyordu. Sadece kendi kendisine mırıldanıyordu: "Aman Allah'ım ben ne yaptım Allah'ım?! Evi de bilmiyorum!"

Saatler geçmişti. Artık utanmayı unutmuş, gençlik parkı'nda ağlamaktan gözleri şişmişti Gülsen'in.

Rastladığı ilk kişiye saati sorduktan sonra inlercesine mırıldanmaya başladı:

"Aman Allah'ım! Akşam oldu, bu kız nerede kaldı?!"

Bir bankın üzerine oturan Gülsen, kara kara düşünmeye başladı:

"Eve gitmek istesem evin ismini, yerini bilmiyorum... Bu kocaman şehirde ben ne yaparım? Aman Allah'ım... Bu Ayten nereye gitti?!"

Bu arada orta yaşlı bir adam Gülsen'e yaklaşır:

— Kızım, birini mi bekliyorsun?

Gülsen yere bakarak cevap verdi:

— Evet amca; akrabamızın kızı Ayten'i bekliyorum.

Adam sırıtarak inanmadığını ima eder:

— Sevgilini beklesen bile ayıp değil ki, herkesin sevgilisi olabilir. Normaldir kızım bu. Yalan söylemene gerek yok...

Gülsen, ilk defa böyle yüzsüz biriyle karşılaşmanın şaşkınlığını yaşamaktadır.

Yüz hatlarını sertleştirerek karşılık verir:

— Amca ne sevgilisi be, ben daha çocuğum!...

Adam Gülsen'i şöyle bir süzdükten sonra yine sırıtarak sorar:

— Çocuk mu? Ama hiç de öyle göstermiyorsun; kaç yaşındasın?

Gülsen başından savarcasına cevap verir:

— On üç.

— Hadi kızım hadi, sen onu külahıma anlat!..

Gülsen saflıkla merak arası sorar:

— Amca neden yalan söyleyeyim? On üç yaşıma yeni girdim.

— Eee, diyelim ki öyle... Ayten gelmezse ne yapacaksın? Hem Ayten nereye gitti?

Sağa sola telaşla bir göz atan Gülsen:

— Bilmiyorum amca. Şurdan bir gazoz alacaktı, gidiş o gidiş. Gelir ama, benim evi bilmediğimi biliyor.

Adam fırsatını bulmuştu:

— Canım önemli değil, o gelmezse bize gideriz. Sokaklar it—kopuk dolu. Anam—bacım derler, seni kötü yola düşürürler. Seni burada bırakmayı vicdanım kabul etmez...

Bu arada, az ilerde simit satan genç çocuk, gözlerini Gülsen'e dikmiş kaş göz hareketleriyle bir şeyler anlatmaya çalışır. Ama Gülsen anlayamaz.

Hava iyice kararmıştır. Adam Gülsen'in yanından ayrılmaya pek niyetli değildir.

Açlıktan bayılmak üzere olan Gülsen simitçinin yanına gider, önce simitlere bakar sonra birden:

— Şey... Bana bir simit verebilir misiniz? Ayten gelince parasını veririm.

Gülsen'in yanakları al al olmuştur utancından.

Simitçi aradığı imkânı bulmanın sevinciyle hemen konuya girer:

— Bak bacım! Herhalde köyden yeni geldin...

Gülsen sözünü keser:

— He, yeni geldim. İki gün önce geldik. O yüzden eve gidemiyorum ya, kaldığımız evi bilmiyorum.

Esmer, zayıf, temiz yüzlü simitçi devam eder:

— Her neyse, buraları bilmezsin. Pezevenk doludur buralar. Anamsın—bacımsın der, seni enselerler.

Gülsen simitçinin yüzüne dikkatlice bakarak sorar:

— Ense ne demek abi?

— Ense, seni götürürler demek. Bak, senin yanına gelen adam karı satar. Tam pezodur. Sakın onunla bir yere gitmeyesin.

Gülsen, gözleriyle yine etrafı süzdükten sonra mırıldandı:

— Gitmem de... Ayten gelmedi... Ben ne yaparım?!

— Ağlama bacım, bir çaresi bulunur elbet. Ben burada seni bekleyeceğim. Sen sakın kimseyle gitme... Sahi, anan baban yok mu senin?

— Var, olmaz mı? Var ama onlar nerde, ben neredeyim. Babam köyde, annem teyzemlerde....

— Nerelisin sen?

— Aman abi, ne yapacaksın?

Gülsen, ağlamaktan ne diyeceğini bilemiyor, bir taraftan elindeki simidi yemeye çalışıyordu. Simitçi yine:

— Sakın ha bacı!... Bu ülkede anam, bacım diye diye insanın anasını bacısını götürüyorlar. Sakın ha aldanmayasın!...

Gülsen simidini yiye yiye tekrar oturduğu banka gelir.

Adam ordaydı, avının üzerine atılmayı bekleyen yılan gibi onu takip ediyordu.

Sırıtarak Gülsen'in yanına yaklaşır:

— Çok mu acıktın?

— Öyle.

— Gel sana şurdan bir yemek ısmarlayayım. Bana bak, biz Anadolu çocuğuyuz. Anam avradım olsun, namus için adam vururuz? Sakın benden şüphelenme...

Gülsen simitçinin sözünü düşünüyordu:

Allah Allah... Bu kadar iyi insana simitçi neden kötü dedi acaba?!.. Kar'ı satarmış?! Kar da satılır mı ki?.. Bizim memlekette kar bedava... Bu adam kar'ı nasıl satarmış! Hem bunda ne var?! Satarsa satsın!

Gülsen hiç duymamıştı kadın satıcılarını. Bu sözler onun için anlamsızdı.

Adam iyilik yapmaya (!) devam ediyordu:

— Dur sana şurdan bir ayran alayım. Çok acıkmışsın, besbelli...

— Sağol amca... Sen ne kadar iyisin!

Kasılarak onaylıyordu Gülsen'i:

— Tabii ya... Benim annem de, babam da hacıdır, ben hacı evladıyım. Nasıl kötü olurum?..

Gülsen sevinmişti. Hacı çocuklarından ne çok namussuz çıktığını bilmiyordu. Gülsen sevinmişti:

— Ankara gibi bir şehirde, iyi ki Müslüman birinin eline düştüm. Yoksa ne yapardım?..

Adam ayran almaya gidince, simitçi Gülsen'in yanına damlar:

— Bana bak kız! Sen benim başımı akşam akşam belaya mı sokacaksın? Ben sana, o adam karı satar demedim mi?!

Daha çocuk sayılabilecek yaşta olan Gülsen saf saf cevap verir:

— Satsıın. Kar'ı satmak günah mı?!

Simitçi iyice sinirlenir:

— Kızım desene sen o yolun yolcususun?.. Demek karı satmak günah değil?!

— Niye olsun ki, bizim memlekette her yerde kar var. İstediğin kadar. Hem de bedava...

Simitci hayretler içinde sorar:

— Nerden geliyor peki?

— Gökteeen... Bizim orda gökten gelir, siz şehirde parayla alırmışsınız. Şaştım bu işe!..

Simitci iyice şaşkına döner:

— Kızım sen üşütük müsün nesin, kadın gökten yağar mı? Ne saçmalıyorsun sen?!..

— Ben kadın demedim ağabey, kar diyorum; sen ne diyorsun?

Simitçi genç başına vurarak bağırmaya başlar:

— Aman Allah'ım! Bu kız ne kadar aptal... Yahu o adam kadın satıyor, kız satıyor. Ona yaklaşma!..

— Kadın nasıl satılır abi?

Genç iyice sinirlenir.

— Bana bak kız, eşşoğlu eşeklik yapıp asabımı bozma, bal gibi biliyorsun!..

— Valla bilmem abi ben. Ben köyümüzde kadın satan kimse görmedim ki, nerden bileyim!? Kadını satıp ne yapıyorlar?

— Ananın gözünü... Tövbe tövbe, beni günaha sokuyorsun. Kadına zina yaptırıp para kazanıyorlar.

— Peki jandarma amcalar onları görmüyorlar mı?

— Şehirde polis vardır.

— Peki polis amcalar bu kötü adamları yakalayıp neden dövmüyorlar?

— Bu soruları bırak şimdi. Senin aklın ermez. Adam geliyor, sakın onunla gitme. Beni de söyleme, elin itiyle bizi birbirimize düşürürsün!

— Tamam söylemem.

— Onun ayranını içme. Ona belli etmeden yere

dök. Kahrolası akraba kızınız da birazdan gelir, sen de gidersin.

Adam, elindeki ayranı avına kibarca ikram eder.

— Al bacım... Zavallı kardeşim benim!.. İç bu ayranı... Sahi, kimsen gelmedi, şimdi ne yapacaksın?

Gülsen yere bakarak cevap verir:

— Onu bekleyeceğim.

— Bize gidelim.... Evde yaşlı bir annem var. Sana kızı gibi bakar.

Gülsen bu defa yüksek sesle ağlamaya başladı:

— Hayır, ben size gitmem!

— Neden o kız? Anamız babamız hacı dedik ya...

— Olsun. Ben Ayten'i bekleyeceğim.

— Bekle gelir Ayten! O çoktan evine gitmiştir. İnatçılık etme, bize gidelim. Seni kötü yola düşürürler!..

— Ben düşmem.

— Düşersin düşersiiiin, hem de cup diye içine düşersin. Hadi inat etme diyorum!..

— Hayır size gelmem.

Adam Gülsen'in tavrına şaşırır:

— Ne oldu kız sana, iki dakika evvel çantada keklik gibiydin?!.. Birden nasıl değiştin?..

Gülsen cevap vermiyor, gözleriyle parkı kolaçan ediyordu.

Adam Gülsen'in yanından ayrılmaya karar vermişti. Her halde gecenin yarısı tekrar gelmeyi düşünüyordu... Gitti.

Şimdi bir başkası gelmişti... Yaşlı bir adam. Merhamet ve şefkatle yaklaştı:

— Kızım evladım, sen buralarda ne bekliyorsun? Karşıdan gördüm seni ama, telaşlısın belli, ne oldu yavrum? Neden yalnızsın?

Gülsen olup biteni tekrar anlatır.

Adam üzüntüsünü belli eder:

— Vah vaah… Burada yalnız kaldın ha!

— Bekliyorum amca Ayten gelecek.

Yaşlı adam bankın öteki ucuna oturup beklemeye başladı. Saatler iyice ilerliyordu. Simitçi karanlıklar arasında kayboluyor, arada bir "Ben buradayım." der gibi bağırıyordu.

— Simiiiiitçiii… Kıtır kıtır taze… Yok mu isteyen?..

Gülsen simitçiye güven duymuştu…

Birden tüyleri diken diken oldu:

"Ya bu simitçi de onlardan biriyse!"

Gülsen kendisini, bir anda yılanlar adasında yapayalnız kalan biri gibi hissetmiş, korkudan titremeye başlamıştı.

"Ayten abla ne olur gel, gel kız! Başıma kötü işler gelecek!"

Daha ağzı süt kokuyordu Gülsen'in. Henüz ana kucağına doymamışken bu küçük yaşında nelerle karşılaşacaktı…

Gülsen için şu saatler dönüm noktasıydı. İşte bu birkaç saat içinde, hayatının akışı değişecekti… Nice gençler gibi, bir ömrün bürüneceği şekil, bu saatler içinden çıkacaktı… Gelecekteki tatlı ya da acılarla dolu hayatın temeli, gençlik parkında atılmış olacaktı. kötü bir hayat olursa, kim suçlanacaktı?

Yine saati sordu, ordan geçen birine. Dokuz, cevabını aldı. Bankın ucunda oturan adam seslenmişti birden bire:

— Gel kızım! Seni evime götüreyim, senin kadar torunlarım var. Ben de hacıyımdır yavrum.

Zeki çocuktu Gülsen; birden düşüncesini değiştirip simitçinin yanına gitti.

— Abi, şu yaşlı amca "Bize gidelim." Diyor. O da hacıymış. Bizim memleketimizde de hacı hoca var ama ikide bir bunu söylemezler. Bu insanlar neden söylüyorlar?

Simitçi bilinçli biriydi. Dişlerini sıkarak cevap verdi?

— Bunlar pezevenk de onun için söylüyorlar. Hacılığı hocalığı kendi çıkarlarına kullanıyorlar. Devlet bunları göreceğine, gider, İslam siyasetini bilenleri "dini âlet ediyorlar." diye suçlar! Dini âlet etmekse, pezolar bunun en âlâsını yapıyor. "Ama onlara kirli işlerine dini âlet ediyorsun." diyen olmaz, bu kahpenin döllerine! Asın işte bunları... Yok, gider başkalarını asarlar....

Simitçi başını kaşıyarak sordu:

— Neyse, bunları bırakalım... Seni ben evime götürsem?..

Gülsen ürkek tavırla cevap verdi:

— Hayır, gitmem!

Simitçi sinirlenir:

— Ne o kız!.. Gözünü ben açtım; bana mı bu havan?! Seni ne yapacağımı kara kara düşünüyorum!..

— Burda kalırım.

— Bu parkta!.. Sabahlayacaksın öyle mi?!

— Tabii ki sabahlarım. Kimsenin evine gitmem...

Simitçinin kan beynine çıkmıştı.

— Eşşek gibi gidersin de ben götüremem. Bekar evinde kalıyorum. Hay Allah, ne yapsam bilmem ki? Sen mutlaka bu gece başıma iş açacaksın!.. Dur sen burada bekle de ben polise haber vereyim.

Simitçi gidince, Gülsen'i bir korku sarmağa başlar.

— Ayy polis mi?! Beni mi dövdürecek polise?! Ayten abla, Allah seni kahretsin. Nerde kaldın?!.. Ben buralarda ne yapacağım şimdi?!..

Tam bu arada olayları takip eden genç bir minibüs şoförü yaklaşır Gülsen'e.

— Gel bacı gel. Ben seni evine götüreyim.

Gülsen birden şaşırır.

— Sen kaldığımız evi biliyor musun?

— Bilmem ama seni sokak sokak gezdirip evi sana buldururum. Evi görsen tanır mısın?

— Tanırım tanırım... Valla hemen tanırım, yeter ki sen beni götür abi... Hemen acele et! Polis gelmeden gidelim!..

Şoför şaşkın şaşkın sorar:

— Polis niye gelsin ki?!

— Simitçi polise haber vermeye gitti.

— Oldu, gel bakalım minibüse bin de bir hayır işleyelim. Ailen telaş içindedir. Çırpınıyordur zavallılar...

Gülsen, hemen aksakallı babasını düşündü:

— Benim için sadece babam ağlar sanıyorum.

— Anan ağlamaz mı?

— Onu bilemem. Anam biraz soğuktur da...

Gülsen minibüsün önüne biner. Benzettiği bütün sokakları "Burası" diye şoförü yönlendirir. Şoför arabasından iner. Söylenilen kata çıkar. Gülsen'in ailesini sorar. Hiçbir tanıdık bulamaz.

Şoför, saatlerce, sokak sokak dolaştırır Gülsen'i.

— Bu ev mi?

— Hayır.

— Şu olabilir mi?

— Hayır.

Gecenin üçü olmuş, şoför yorulmuş, Gülsen de ağlamaktan halsiz düşmüştür.

Genç şoför minibüsü bir kenara çekip durdu. Gülsen'e dönerek:

— Eee, söyle bakalım, şimdi ne yapacağız?

Gülsen gözlerini şoföre mahcup bakışlarla çevirip cevap verir:

— Bilmiyorum.

— Çare yok, seni evime götüreceğim.

— Götür abi, zaten artık evi bulsak da bana inanmazlar. Bu saatte onlara ne söylerim?

— Nasıl inanmazlar, olur mu öyle şey!

— Kötü bir şey olmuştu da, bana inanmamışlardı. Şimdi de inanmazlar. Hem beni suçlamışlardı.

— Haydaa, desene başıma bela aldım! Seni ben en iyisi polise götüreyim.

— Yooo, dünyada gitmem!.. Polisler adamı dövermiş. Bizim köyümüzde bir abi varmış, onu çok dövmüşler...

— Her polise göre değişir bu iş. İnsan evladı polisler de var. Hem polis seni niye dövsün? Polisler anarşistlerle aşırı dincileri döverler...

— Olsun, ben polise gitmem!

— O halde eve gidelim. Annemin bu iş hiç hoşuna gitmeyecek ama neyse... İnsanlık ölmedi ya...

* * *

Annesine götürmeye cesaret edemeyen genç şoförün ablasının evleri önüne gelmişlerdi. Eve yavaşça giriyorlardı.

— Sus, sakın ağlama, gece yarısı yanlış anlarlar.

Gülsen, yorgun argın kendisini içeriye atmıştı. İçinden gelen bir seziyle emin ellerde olduğunu anlamıştı.

— Ben nerde yatacağım?

— Her halde bir yer buluruz.

* * *

Ertesi akşam genç şoför evine götürmüştü Gülsen'i. Gencin annesi, tepeden tırnağa Gülsen'i inceledikten sonra telaşını belli etmeden duramadı.

Oğluna sert bir ifadeyle emir verdi:

— Gel bakayım, mutfağa gel!

Mutfağa giden genci anne sorguya çekiyordu:

— Nereden buldun bu sokak kızını?! Biz böyle şırfıntıları kabul edecek aile miyiz?!

— Anne yanlış anlıyorsun. Bu kız daha çocuk, sokakta kalmış. İnsanlık namına ilgileniyorum onunla!

Anne ise, başka şeyden korkuyordu:

— Kaç yaşında bu kız?

— On üç yaşındaymış. Ama büyük gösteriyor.

— Bana bak, bu kıza elini sürersen keserim o elini! Başımız belaya girer. Yaşı tutmayan kızı iğfal etmenin bedeli hapislerde çürümektir.

— Anne bunları nerden çıkarıyorsun?! Ben bu kıza yardım etmek istiyorum.

— Ben böyle tehlikeli yardımlarda yoğum. Birkaç gün idare ederim. O da başka ellerden geçmemişse, üzerimize kalmasa iyidir.

— Ama bu kız köyden dün gelmiş!

— Gelsin. Sen asıl köylüden kork!

— Şehirliden korkma öyle mi?!..

— Bana bak, sen ne demeye çalışıyorsun?!..

— Hiç bir şey söylemiyorum anne. Bu kızın elinden tutmalıyız. Ben bu kızın namuslu olduğuna inanıyorum.

— Namuslu kızın bu saatte sokakta işi ne?!..

— Anne! Bu kız kaybolmuş. Hâlâ neden anlamıyorsun, bu kız çaresiz!..

Anne ısrar ediyordu:

— Bu kızı nereye götürürsen götür! Onu evimde istemiyorum! Ona elini sürersen, seni polise kendim veririm! Cezaevinde çürürsün!

Gencin üzerindeki baskı durmak bilmiyordu.

Aradan bir hafta geçmesine rağmen, bir şey yapamıyorlardı. Gülsen bu ailenin başına kalmıştı.

Genç şoför birgün Gülsen'i odaya çekti.

— Bak kızım, annemi, ailemi görüyorsun... Bana baskı yapıyorlar. Artık dayanamaz hâle geldim. Ne olur hatırla. Senin başka akraban yok mu, seni ona götüreyim?

— Var. İstanbul'da bir teyzem, bir de ablam var ama... Benim ailem namusuna çok düşkündür. Bilmem ki ne derler?..

— Ne diyecekler canım... İnsanlık ölmedi ya... Kötü yola bile düşmüş olsan seni yine kabul etmeleri gerekir. Düşmez kalkmaz bir Allah, demiş atalarımız. Böyle anlayışlı ataların torunları da biraz anlayışlı olmalı değil miydi? Ben işin içinden çıkamıyorum. Bana yardım et. Ben seni ne yapayım şimdi?

Gülsen gözlerini yere çevirerek cevap verdi:

— Bilmem ki...

— Peki, farz edelim ablana gittik... Hani adres?

Gülsen'in birden gözleri parlamıştı. Hatırladığı şey onun kurtuluşu olacaktı.

— Yaşasın. Benim defterimde var. Köydeyken mektupları ben yazıyordum. İşte bak burada. İkisinin de adresi var.

— O halde hemen onlara, İstanbul'a gidiyoruz. Seni ancak akraban sahiplenirse kurtulursun. Elin en iyisi, sonunda uçkur yollarını hatırlar. Seni ailene bırakmalıyım. Yoksa kötü yola düşersin.

Çaresiz Gülsen cevap verdi:

— Peki, sen nasıl istersen.

Ertesi sabah genç şoför Gülsen'in kapısını çalar. Gülsen içeriden sorar:

— Kim o?

— Benim. Hadi kalk kahvaltı yapıp çıkalım.

Başını çeviren genç annesiyle karşılaşır. Sabahlığını giyen anne, oğluna ser sert sorar:

— Ne o, sabah sabah kızı neden kaldırıyorsun?

Genç şoför çok sinirlenir:

— Anne! Biraz insanca bak, oğluna güven.

Kadın asık suratla cevap verir:

— Bu Allah'ın verdiği ceza, kumarcıya kimse güvenmez.

— Anne, kumarcıyım ama senden daha insanım ben.

Genç, Gülsen'i aldığı gibi evden çıkarır. Sinirli anne oğlunun arkasından seslenir:

— Belki bu defa doğru söylüyorsundur, ama o kadar yalan söyledin ki, artık sana inanamıyorum. Eğer doğruysa bu kızın hikayesi Allah beni affetsin.

Genç merdivenleri inerken cevap verir:

— En kötü insanın bile bir iyi yanı vardır.

* * *

İstanbul'a geldiklerinde önce teyzesine gitmişlerdi. Gülsen heyecandan titriyordu. Olup bitenleri nasıl anlatacaktı. Ya inanmazlarsa?!.. Ya kötü kız derlerse?!.. Elleri titreyerek kapıya vurmaya çalıştı. Teyzesi kapıdaydı. Gülsen'in kalbi duracak gibiydi. Bir çırpıda olup biteni anlatıp teyzesinden cevap bekliyordu. Fakat yeğenini kapısında bir erkekle gören teyze çok sinirlenmiş, kesin cevabını vermişti:

— Kabul edemeyiz! Bizde lekelenmiş kız kabul edilmez.

Gülsen ağlayarak yalvarmaya başlar:

— Ne olur teyze, beni kabul et! Ben isteyerek bu duruma gelmedim. Vallahi suçum günahım yok. Beni evine al, ne olur!..

Şoför de katılmıştı bu ricaya:

— Evet teyze, bu kızın hayatı zından olur!..

— İyi ya, o halde al karı yap kendine oğlum! Benim elimden bir şey gelmez...

Teyze kendi değer yargılarıyla olayı değerlendirmişti. Olacak gibi değildi. Bunu anladıktan sonra ablasına gitmişlerdi.

Ablası soğuk ifadelerle cevap veriyordu:

— Valla biz böyle şeyler hiç görmedik! Kocam kabul etmez! Onun için alamam, kusura bakmayın! Köye de gidemez. Ama ben annemi babamı ikna etmeye çalışırım, bakalım ne olacak...

İki genç tekrar sokakta bulmuşlardı kendilerini.

Şoför bir ara Gülsen'e baktı:

— Ne! Sen yine mi ağlıyorsun. Böyle ailesi olan ağlar mı? Sen bunlardan kurtuldum diye sevin bence...

— Ama nereye gideyim?! Benim suçum ne?.. Beni neden dinlemiyorlar?.. Ayten gelseydi ben annemin yanında olacaktım. Hiç olmazsa bunları anlatsaydım onlara. Yalansa Ayten'e sorsunlar... Ama babam bunlar gibi değil. Canım, bir tanem babam! Nurlu babam! Beni affeder o. Anlar benim halimden. "Düşmez kalkmaz bir Allah'tır. Gel benim kara kızım." der. Babam bambaşka bir insandır. Ama ona nasıl gideyim?!.. Annem, ağabeylerim onu etkilerler. Daha önce bir olay oldu. Bana hiç kimse inanmadı, birtek babam inandı.

— Bu iş böyle olmayacak. Gel bakalım sen, becerikli kızsın. Bahçelievler tarafında sana bir iş bulayım, çalış. Altı ay sonra on dördüne gireceksin. Tek gözlü bir oda sana yeter... Ben gitsem de sen kiranı ödersin.

Ağzını hayretle açan Gülsen:

— Ben mi? Bu yaşımda?

— Sen ya... Bir filmde görmüştüm, yedi yaşındaki çocuk ailesine bakıyordu. Ne yapayım kızım, başka çarem yok! Seni bir yere yerleştirmem lazım. Aksi halde ailem beni nerdeyse reddedecek. Gözlerinle gördün.

Çare bulunmuştu. Çok ucuza bir ev tutmuşlardı. Gülsen korkular içinde yerleşmişti buraya.

Şoför onu bu evde bırakıp gitmiş. Gülsen on dördüne girmeden ev reisi olmuştu.

Bir gazoz fabrikasında çalışıyordu. O çocuk yaşının elleri, kira ve mutfak masrafını çıkaracaktı.

Gülsen her akşam ağlıyordu. Ne yaparsa yapsın kendisini tutamıyordu...

"Babam! Babam!.. Gelsen de görsen kızının çilesini! Artık dayanamıyorum, sen bari ben anla!.." diyerek ağlıyordu.

* * *

İki ay daha geçmişti.

Küçük reis sırtındaki yükü taşımaya gayret ediyordu.

Bir akşam kapısı çalındı.

Gülsen heyecanlanmıştı. Kim olabilirdi bu? Acaba ağabeyi olabilir miydi?.. Ya babasıysa?..

Titreyerek sordu:

— Kim o?

— Ben. Ev sahibin.

Gülsen aceleyle kapıyı açtı.

— Buyur amca.

Ayakkabısının ucuna bakan ev sahibi cevap verdi:

— Kirayı isteyecektim de...

Yere bakarak cevap verme sırası Gülsen'deydi.

— Şey... Amca, iş yerinden parayı vermediler. Patron bir araba aldı da...

— Eee, araba aldıysa bize ne?!..

— Bir hafta sonra verecekmiş.

— Yoo, ben bir hafta bekleyemem!

Sırtını kapıya dayayan Gülsen'e yan yan baktıktan sonra, birden sinsi bir tebessüm belirir ev sahibinin yüzünde.

— Ama kolayı var...

Birden yüz hatlarına bir gülümseme yayılır Gülsen'in.

— Nedir amca kolayı?

— Senin cömertliğine bağlı bir şey.

— Söyleyin nedir o?

— Kız hele beni içeri al da öyle konuşalım.

— Buyur amca. Çok dertliyim de akıl edemedim. Buyur, gel.

Ev sahibi şöyle etrafa baktıktan sonra içeri girdi.

— Sağolasın... Çok da iyi kalbin var.

— Şöyle otur amca. Kusura bakma, şimdilik sandalyem yok... Hele şu işi bir söylesen...

— Sigarasını, mal sahibi olmanın verdiği gururla yaktıktan sonra:

— Bak kızım, sen yalnız bir kadınsın...

Gülsen donuklaşmıştı, tartamamıştı bu ifadeyi. "Daha bana dün çocuk diyorlardı, bu gün kadın diyorlar!" diye geçirdi içinden. "Kadın" sözüne buz gibi tepki gösteriyordu. Bir an önce ev sahibinin gitmesini istediğinden sordu:

— Eee amca... sonra ne diyordunuz?

Ev sahibi ise, sonradan görme olduğu için, sırıtarak cevap veriyordu:

— Ben, şey... diyecektim... Sen yalnız bir kadınsın... Haftada bir gece sana geleyim, borcunu da ne zaman istersen o zaman öde...

Gülsen bu teklife çok sevinmişti.

— Ay amca, sen ne kadar iyisin! Haftada bir ne demek, istediğiniz zaman buyurun!

— Adam bozulmuştu.

— Sen anlamadın galiba... Çocuk rolleri yapma kızım! Sen feleğin çemberinden geçmişsin!

— Sen ne demek istiyorsun amca?..

— Bir şey demiyorum. Seninle haftada bir yatmak istiyorum.

Gülsen'in şaşkınlıktan gözleri büyümüş, başı dönmüş, dili tutulmuştu. Hayretler içinde bir çığlık zor çıktı ağzından:

— Neeee!

— Nesi mesi yok! Söyledik işte!

Gülsen ilk şoku atlattıktan sonra, hızlıca mutfağa dalıp, tüpü kaptığı gibi adamın kafasına fırlattı. Ama aşağı eğilen adam bu tehlikeyi atlatmıştı.

Sonra kızgınlıkla devam ediyor yardım sever ev sahibi:

— Senin suyun ısındı. Bu gece bu evden çıkacaksın! Aksi halde, beni karıma gelinime söylersin. Bir itibarımız var bizim. "Kazmacılar" dendi mi akan sular durur. Senin gibi şıllığın yüzünden bu itibarımı kaybedemem.

Gülsen, elinde bıçak duruyordu odanın ortasında:

— İtibarın varsa sen de namuslu ol! Benim yaşımdaki bir kıza bu sözü söylerken hiç mi utanmadın, alçak adam!.. Benim kadar torunun var senin, namussuz adam!.. Benim gibi çaresiz bir çocuktan neler bekliyorsun! Demek ki seni kahpe bir ana doğurdu.

— Ulan benim anneme kahpe diyemezsin sen. Seni... Seni ne yaparım biliyor musun!.. Asıl senin anan...!

— Benim anamı sen ağzına alamazsın. Benim anamın senin gibi alçak oğlu yok!..

Bu sözü söylerken boğazı düğümlenmişti âdeta.

Adam günahtan kurtlanmış ruhlu haliyle hâlâ konuşuyordu:

— Hadi be ordan... O halde seni neden evlerine almadılar?.. Tabii, senin gibi kahpeyi neden alsınlar!...

Gülsen yine hışımla adamın üzerine ayakkabıları fırlatmaya başladı.

— Seni namuzsuz moruk seni! Yaşına, buruşuğuna bakmadan bana ha!..

Karşılık bulamayan adam çok sinirlenmişti.

Gözleri yerinden fırlayacakmış gibi olmuş, ağzından salyalar akıtarak bağırıyordu:

— Hemen, hemen bu evden çıkacaksın!

Eline ne geçerse sokağa atıyordu adam. Bu arada hanımı gelmişti gürültüye.

— Ne oluyor bey?! Bu eşyaları neden sokağa atıyorsun?

— Sorma be hanımcığım... Bu şıllık başımıza bela olacak! Resmen bende gözü var!..

Gülsen, adamın yüzüne bakakalmıştı. Kulaklarına inanamıyordu. Nasıl olur da bir insan bu kadar alçalırdı?!.. Dünyayı sadece kendi köyü zanneden Gülsen, bu şoktan bir türlü kurtaramıyordu.

Bütün hıncı ile bağırdı:

— Allah belanı versin seniiin! Aşağılık adam!..

Bir hamle ile yerden aldığı genç şoförün koyduğu taşı adamın kafasına indiren Gülsen, hem ağlıyor hem de söyleniyordu:

— Seni amca deyip evimize aldık. Nasıl utanmadan bana yatak teklifinde bulunursun?!.. Bir de karına yalan söylüyorsun. Ayteeen, Ayten!..

Kadın şaşkındır.

Sinirleri boşalan Gülsen yüksek sesle ağlayarak duygularını dışa yansıtır:

— Allah seni bildiği gibi yapsın. Senin yüzünden sürünüyorum!.. Ey Allah'ım! Beni evine almayan akrabalarımın günahını sen affedecek misin?!.. Onlar suçum yokken beni affetmediler, sen onları affeder misin Allah'ım?!.. Hayır Allah'ım! Onları affet.

Sonra olduğu yere çöküp ağlamasını sürdürdü.

— Allah'ım al canımı! Ben bunlara dayanamayacağım! Ne olur Allah'ım, dayanamıyorum!!!

Ev sahibi namus düşmanı, karısına karşı kendisini temize çıkarmaya çalışıyordu:

— Hanımcığım, ben senin üzerine gül koklar mıyım! Kahpe yalan söylüyor. Ben de tuttuğum gibi onu sokağa atınca, ne yapacaktı, bana iftira ediyor...

Ev sahibi kadın kocasını şöyle bir süzdükten sonra cevap verdi:

— Bu kız, bana yalan söylüyor gibi gelmedi.

— Olur mu hanımım!? Aaa, kırılırım ama!.. Ben öyle bir alçaklık yapar mıyım!? Sen beni tanımıyor musun!?

— Kimse kimseyi tam olarak tanımazmış.

Sonra Gülsen'e dönüyor kadın:

— Kalk kızım. Eşyalarını topla bu gece evde kal, yarın sana başka bir yer bulalım. Bu adam kancayı takmışsa seni rahat ettirmez.

Çaresiz Gülsen ve ev sahibi eşyaları içeri almışlardı. Manen kurtlanmış olan ev sahibi:

— Yarın akşam seni bu evde görürsem, ne yapacağımı bilirsin ha!..

Ertesi gün umulmadık bir şey olmuştu. Şoför çıkagelmiş, Gülsen'in durumunu öğrenmişti.

— Senin de amma talihin varmış be kızım!..

Şoför aynı gün yine bir ev bulmuş, Gülsen'in birkaç parça eşyasını oraya taşıyıp gittikten sonra bir daha görünmemişti.

* * *

Gülsen yeni evinde yine işine gidip geliyordu. Bu seferki ev sahibi çok dürüst bir insandı. Gözü tok ve yüksek anlayışa sahip biriydi.

Gülsen'in bir de radyosu vardı artık. Bir akşam Radyoyu açtığında onu can evinden vuran bir türkü geldi kulağına. Kendi köyünü, dağlarını özleyen Gülsen'in sanki ruhundan boşalıyor, sanki ruhu ezik ezik ezgi olmuş, yakıcı nağmeler şeklinde radyodan yağıyordu kulaklarına:

Dağlar seni delik delik ederim
Kalbur alır toprağını elerim aman aman
Elerim aman aman dumanlı dağlar
Sen bir kara koyun, ben de bir kuzu
Sen döndükçe ardın sıra melerim aman aman
Melerim aman aman dumanlı dağlar

Dağlar senin ne karanlık ardın var
Lâle, sümbül boynun eğmiş derdin var aman
Derdin var aman aman dumanlı dağlar
El âlemin vatanı var yurdu var var
Benim yurtsuz kalışıma neyleyim aman aman
Neyleyim aman aman dumanlı dağlar

Türküyü sonuna kadar dinleyen Gülsen, oturup dakikalarca ağlıyor. Sonra da kendi kendine ağıt söyler gibi, duvarlara içini döküyordu:

Ey benim ak saçlı babam
Sen nerdesin, nerelerdesin
Beni buralar, öldürdü babam
Sen nerdesin, nerelerdesin

Beni özledin mi canım babam
Kızın kara günler içinde kaldı
Gel beni kurtar ne olur babam
Her şeyim gitti, canım az kaldı

Böyle veya biraz değişik geçiyordu Gülsen'in günleri, geceleri.

* * *

Yaklaşık yirmi gün sonra, Gülsen iş yerinden bir iş arkadaşı edinir. Gülsen için bu arkadaş artık ana babadır. Ona güven duyar. Ama ona sık sık rastlayamaz. Daha sonra hafta sonu, fabrikanın çıkışında arkadaşını görür.

— Ayşe abla, beni bekle beraber gidelim.

Yayan yürümeyi tercih ettiler. Kimsesizliğini paylaşacak bir dosta hasretti. Hava kararmak üzeredir.

Gülsen'in psikolojisi allak bullak olur. Yere basarken bile yeri incittiğini zanneder. Öylesine duygusal olmuştur ki her şeye acır, her şeye ağlar. Herkese derdini dökmek ister.

Yol boyu yürümek istemesindeki sebep te zaten budur. Çok geçmeden Ayşe merakla sordu:

— Gülsen, sen neden hep ağlıyor gibi duruyorsun?

— Yoo bazen de gülüyorum Ayşe abla, sen görmüyor musun?

— Evet, kahkaha atanların içinde neşelisin. Ama ben insanı gözünden tanırım. Senin o gülüşlerin altında derin bir hüzün var. Yaralı ceylan gibisin.

Gülşen kendisini bu kadar yakından tanıyan birini bulunca, ona kurtarıcı gibi bakmaya başlar. Sonra da yalvarır haklı olarak:

— Beni bırakma, benimle ilgilen abla. Beni koru.

Ayşe ilk defa Gülsen'e bu kadar yakındır. Onun teklifine şaşırır.

— Aa! Neden koruyayım, senin kimin kimsen yok mu?!

Gülsen elleriyle saçlarını arkaya attıktan sonra cevap verir:

— Yok ablam, benim her şeyim var ama kimsem

yok. Başıma gelenleri bilsen, oturur benim için ağlarsın...

Ayşe biraz şaka biraz gerçek sorar:

— Hayrola kız? Bacak kadar boyunla ne çekmiş olabilirsin?

Gülsen elini sallayarak:

— Ohoooh abla! Söylesem inanmazsın...

— Sahi mi söylüyorsun? Daha bu yaşta?!... Gerçi bu düzen yeni doğan bebeklere bile acı çektiriyor ama insan yine de şaşırıyor.

Gülsen, on üç yaşında olduğunu söyleyince, Ayşe çok şaşırmıştı:

— Ne! On üç yaşında mısın?! Ve de yapayalnız yaşıyorsun öyle mi?!

Gözlerini sağa sola kaçırmaya çalışan Gülsen, başını yere gömercesine çevirip mırıldandı:

— Hıı... Öyle.

— Hadi canım, on üç yaşında bir çocuk ve bir evin yükü sırtında?.. Sen deli misin? Böyle bir şey filmlerde bile görülmüş değil.

— Benim başıma gelenleri filmler bilemez ki. Zaten ben televizyon hariç, hiç film de görmedim. Daha beş ay önce televizyonu da görmemiştim.

— Hadi canım, televizyon görmeyen birisini düşünemiyorum!..

— O da bir şey mi abla, ilk defa elektrik gördüğüm zaman da aklımı kaybedecektim. Köyden şehre inince şok oldum... Birden bire de sokağa düştüm. Nerdeyse kötü yola düşecektim.

Ayşe birden durakladı.

— Hadi kız bacaksız! Bu sözlerin senin ağzında ne işi var? Senin yaşın kaç başın kaç? Dur bakalım. Hele bizim hayatımızı yaşa da sonra konuş.

Gülsen yaşlı gözleriyle Ayşe'ye baktı:

— Yaşadım abla, yaşadım. Hem senin, hem de benim hayatımı yaşadım... Sen bir anda, yani bir günde kendisini sokakta bulan birisini gördün mü? Göremezsin abla. Sen benim gibi bir hayat duyamazsın.

Ayşe'nin de gözleri dolmuştu.

— Çok mu üzdüler seni Gülsen? Çok mu yaralı kalbin? Vah benim masum kardeşim, vah! Sana kimler kıydı acaba?

— Bu nasıl soru abla? Babasının annesinin hasretiyle yanan insana bu sorulur mu? Benim gibi ciğeri yanan birine böyle soru olur mu abla? Ben babamı özledim. Gözlerimin önünden gitmiyor babam. "Kızım" deyişini unutamıyorum. Ama biliyorum benim babam beni affedecektir. Ona yalvarıp bir anlatsam olanları... Benden önce onu başkaları şişirmese...

— Baban etki altında kalır mı?

— Evet abla kalabilir. Babam çok saf ve temiz bir insandır. Kim ne söylerse ona inanır... Ama benim canım babamın bana inancı var. Biliyorum ciğeri benim için yanıyordur, bundan eminim.

— Acaba senin için babana ne söylemiş olabilirler?

— Çok basit. Kızın Ankara'ya gitti, kötü yola düştü, ya da kocaya kaçtı, diyecekler.

— Baban ne der?

— Hiçbir şey demez. Sadece ağlar abla. Ama yine de kötü günümde elimden babam tutar benim.

Konuşa konuşa Gülsen'in evine gelmişlerdi.

Günler böyle devam ediyor, ömür kuş gibi uçuyordu. Her geçen gün, Gülsen'de derin yaralar açıyor, çocuk yaşta yaşlanıyordu...

Ayşe bir gün ona imanlı bir şekilde:

— Kız bana bak, bu gece sana geliyorum. Bu defa senin sevineceğin bir haberim var, dedi.

— Allah aşkına hemen söyle abla, beni sevindirecek bir şey var mı bu dünyada?!..

— Var var. Göreceksin, senin için hayat yeni başlayacak....

— Yok be abla! Hayatımın hiçbir noktasında artık ben mutlu olamam! Yarayı derinden almışım. Birinden duymuştum: "Derinden yara alan ceylan yaşamazmış."

— Kendini bırakma kızım. Hayatta umulmadık şeyler olabilir. Umudunu kesme.

O akşam, Gülsen'in evinde ikisi çaylarını yudumlarken konuşuyorlardı:

— Bak Gülsen, benim tanıdığım biri var. Çocuk gelip giderken seni görmüş... Vurulmuş. Gel onunla senin aranı yapayım!..

Gülsen birden telaşla sormayı ihmal etmedi:

— Metres mi olacağım abla?!

— Olur mu kız! Evleneceksin....

— Neden evlenmek demiyorsun o halde?! Evlenmekse kabul. Ama ben metres olamam abla! Allah göstermesin, ölürüm o zaman!

— Ayşe birden geçmişini düşündü, derin bir ah çektikten sonra dalgın dalgın konuştu:

— Aynen benim gibi konuştun! Bir zamanlar ben de öyle diyordum. Ama sonra bir kilo domates ve bir ekmek için en umulmadık hatayı yaptım!

Gülsen'in elinden şekerlik düşmüştü. Kara gözlerini dehşetle açan Gülsen heyecanla sordu:

— Yoksa kötü kadın mı oldun?!

— Evet... Oldum. Fahişe bir erkek, çocuklarımın ve benim açlığımızdan yararlandı. Fahişeliğe itti beni!..

— Öldürseydin adamı... Neden öldürmedin?

— Öldürmek mi? Bazen o da gelmez aklına. Nerden inceyse ordan kopsun dersin. Ben de öyle oldum.

— Anlatır mısın Ayşe abla, ne oldu? Nasıl böyle bir hata yaptın?

— Beni bırak şimdi sana bakalım. Bu genci reddetme.

— Etmem abla. İsterse yaşlı olsun. Ben kötü yola düşmekten korkuyorum. Sabaha kadar uyku uyumadığım zamanlar oluyor. Beni teyzem, ya da ablam kabul etseydi, böyle söyler miydim? Ama şimdi mecburum... Tek çarem evlenmek olsa gerek.

Gülsen utanarak sordu:

— Abla o kişi ne iş yapıyor? Adı ne?

— Adı Salih Gödel. Duvarcı ustası.

— Peki abla. Kabul.

Ayşe gülerek cevap verdi:

— Hele bir gör kız.

— Gerek yok abla. Benim dünyamda güzel kalmadı ki güzeli arayayım. Namuslu olsun yeter abla. Bir de aç bırakmasın yeter.

— Oldu kız. Yarın sizi görüştüreyim.

— Olur abla. Ama benim aklıma takıldı. Senin hayatını merak ettim. Ne zaman anlatacaksın?

— Sonra anlatırım.

— Aman abla, o zaman hiç konu etmeseydin... Çok namuslu kadına benziyorsun sen; kendini bir kilo domatese satacak kadına benzemiyorsun.

— Biliyorum, benden ürperiyorsun... Bana kötü bakıyorsun... Ben de öyleydim bir zamanlar. Zina yapan kadından iğreniyor, dünyanın en alçak insanı o kadındır sanıyordum. Ama yıllar geçtikçe, gördüğüm alçaklardan sonra karar verdim ki, fahişe kadınlardan daha çok fahişe, daha şerefsiz, daha namussuz erkekler var bu dünyada. Üstelik bu insanlar, toplumda çağdaş, medeni, ilerici görünümündeler. Ama yaptıkları işler, iftira ve yalanlar, patrona yağ yakmalar, işçiyi sömürmeler!.. Daha neler var içlerinde. Kendi yakınlarına tecavüz edenler... Çocuklara saldıran şerefsizler! Borcunu ödeyemediği için alacaklısının evini ateşe verenler... Emeklilik parasıyla geçinen insanın parasını çalanlar! Hastanın parmağındaki yüzüğü alanlar, ölüyü bile soymaya tenezzül edecek kadar alçalanlar... Daha neler neler var. Ya devlet eliyle yapılan soygunlar?!..

— Aman abla ne kadar çok şeyler söyledin. Şu hayatını anlat ta rahat edeyim.

— Sen beni bırak kendine bak. Allah seni bu ülkenin kurtlarından korusun. Onlar öyle kurtturlar ki ne dağdaki kurtlara ne de resimlerdekine benzerler. Onlar, seni kendilerini doyurmak için yerler. Kendini doyurmak için seni param parça yapar da yine gözü doymaz. Bir müddet sonra bir başkasını parçalar. Allah seni öylelerinin eline düşmekten korusun!

* * *

Ve Gülsen, Salih ile evleniyor. Fakat resmi nikah herkese yapılmayacağı (!) için "Hoca nikahı" ile evleniyor. İslam düşmanları, hiçbir nikahı olmayanları "Beraber yaşıyorlar" diye lanse ederken, "Dini nikahlı" olanlara "Metres yaşıyorlar" diyecek ve Gülsen çok daha acı günler görecekti. İnsanların bilmediği bir şey vardı, dini nikaha, dine önem verenler önem verirlerdi.

* * *

Aradan birkaç ay geçmişti. Gülsen'in hayatı her geçen gün farklı seyrediyordu.

Bir akşam içini kemiren soruyu kocasına sordu Gülsen:

— Salih!

— Efendim.

— Sen bana nikahı ne zaman yapacaksın?

Çayını içerken sorar Gülsen'e:

— Ne nikahı o?

— Resmi nikah tabii ki...

— Canım dini nikah yaptık ta yetmedi mi?

— Ama dini nikahı nikahtan saymıyorlar ki...

— Canım o kadarına şükret! Senin elinden tuttuk ya, o da yeter...

Gülsen geç de olsa anlamıştı.

— Salih, benim kalbimi kırıyorsun! Beni kimsesiz bulduğun için yapıyorsun bunu değil mi?

— Canım tabii ki, seni babanın evinden alsaydım değerin farklı olurdu! Şöyle telli duvaklı gelin olmakla, bu şekil evlilikler bir olur mu?

Gülsen dalgın dalgın baktı Salih'e. Duyduğu ıstırap yüreğini sızlatıyordu.

— İnsanın değerini artıran gelinlik midir Salih? Neden bu kadar acı konuşuyorsun?

Gülsen kendisini Salih'in hayat arkadaşı gibi göremiyordu. Biliyordu, Salih kendisine, çamaşırlarını yıkayan temizlikçi ve yatak arkadaşı almıştı. Düşünüyor ve yine soruyordu Gülsen:

— Salih, beni metresin gibi mi görüyorsun?

— Aaa! O ne biçim söz öyle?! Ne demek metres, sen benim karımsın karım...

— Karınsam neden resmi nikahı çok görüyorsun?

— Dinimize göre dini nikah önemlidir.

— Ama dini nikahın verdiği hakları devlet kabul etmiyormuş. O hakları bana kim alacak?

— Sana akıl hocalığı yapan da mı var kız? Kimden alıyorsun bu bilgileri? Sen kendi haklarını soracak, arayacak kültürde biri değilsin ya, neyse sonra anlarız.

* * *

Ertesi gün derdini Ayşe'ye anlatıyordu Gülsen:

— Yok abla, bu adamdan bana hayır yok! Beni küçük görüyor. Karısı olmama layık göremiyor. Beni sokak kızı gibi görüyor, ama bunu bana söylemiyor.

— Sana sokak kızı dedi mi?

— Demedi ama, diyeceğe benziyor. Köyümüzde yeni evlilere "cicim aylarında" derlerdi. Bu da öyle herhalde, sonra söyler, henüz yeniyiz.

Ayşe birden ayağa kalktı.

— Yoo, sana sokak kızı gibiymişsin gibi davranamaz! Öyle olursa, Salih karşısında beni bulur!.. Sana da bir tavsiyem var: Sana, "Seni sokakta buldum." derse, sen de ona sor: Ben seni nerde buldum? de. Ben de seni sokakta bulmadım mı? Ben sokak kızıysam sende sokak erkeğisin, de. Sözünü hiç esirgeme. İnsanların seni yıpratmasına izin verme; onların hakkından gelemesen bile, aptal olmadığını, hileyi yutmadığını bildir.

Çok öfkelenen Ayşe, birden hışımla sigarasına uzandı; sonra da Gülsen'e teklif etti:

— Al kız bir sigara da sen yak...

Birden ürpermişti Gülsen.

— Nee! Ben... Ben mi sigara içeceğim!? Allah korusun, ben o kadar yoldan çıktım mı?!

Ayşe bu söze bozulmuştu:

— Ne o kız? Biz yoldan çıkmış mı olduk?!

Gülsen üzülmüştü. Birden pot kırdığını anladı.

— Yoo, rica ederim yanlış anlama abla! Sakın bana kırılma. Bir sen varsın beni koruyan, sen de bana küsersen halim ne olur! Zaten anamın babamın hasreti burnumda tütüyor, bir de sen bırakma beni.... Ben sigara içen kadınlara çok kötü gözle bakıyorum. Bilmem neden böyle... Her halde köyümün etkisi. Sanki bana öyle geliyor ki, namuslu kadın sigara içmez... Biliyorum yanlış ama yine de bu düşüncemden kendimi alamıyorum... Ne olur sigara içmeseniz!..

— Aman sus be! Efkarlandım zaten! Hep kadınların çile çekmesi canımı sıkıyor...

Gülsen bir an köyündeki bir adamı hatırladı. Bu adam işsiz olduğu için çocuğuna bir kitap alamamıştı...

Sonra sordu:

— Erkekler çile çekmiyorlar mı?

— Nerde erkek varsa canı cehenneme! Ne çektimse onların uçkuru yüzünden çektim!..

— Ne çektin be abla? Anlat şunu da bilelim.

— Ne çekmedim ki!.. Benim durumum senden daha kötü!.. Ben her şeyimi kaybettim. Hem de bir daha yüzlerine bakmamak şartıyla. Seninkiler gün gelir seni affedebilirler, ama benimkilerin affı hiç mümkün değil. Onlar affetse ben onların yüzüne bakamam. Benim için onlar öldü! Bir çay daha demle de anlatayım. Anlaşıldı, sen meraktan kurtulamayacaksın. Sahi saat dokuz oldu, kocan nerde?

— O mu? O bu saatlerde gelmez, on ikide falan geliyor? Bazen sabahlıyor.

— Nerde kalıyormuş?

— Bilmem ki, işi bitmiyormuş.

— Hangi işi?

— Çalıştığı iş.

— Kızım sen aptal mısın!? Gece sıva işi olur mu!?

— Bilmem ki abla, buralarda gece de gündüz gibi

ışık var. Beş ay oldu köyümden çıkalı. Hâlâ daha anlayamadım: Bu ışıklar gazyağını nerden alıyorlar? Bu kadar ışık yakıldığı halde gaz nasıl oluyor da bitmiyor? Bunu bir türlü anlayamıyorum....

Ayşe şaşırmıştı:

— Ne gazından bahsediyorsun Gülsen!?

— Şu ışıklar abla. Bu ışıklar nerden yanıyor?

Soru Ayşe'yi şaşırtmıştı. Cevabını da şaşkınlıkla veriyordu:

— Cereyan geliyor.

— Anladım cereyan da, gazı nerden geliyor?

— Gaz maz yok kızım! Sadece cereyanla yanıyor.

— Peki cereyan nerden geliyor?

— Güneşten, su yoluyla geliyormuş. Ben de fazla bilmiyorum.

— Ne! Bu kadar ışık hepsi güneşten mi geliyor?!

— Evet öyleymiş.

— Bu kocaman dünyada durmadan ışık yanıyor da, güneş neden bitmiyor?

— Ben onu bilmem. Konuyu değiştirmeyelim. Kocanın işi gece olmaz. O bir dalavere çeviriyor, bunu bilmiş ol!

Derin bir nefes alarak sordu Gülsen:

— Ne yapabilir abla? Benim aklım almıyor. Benden gizli ne yapabilir?

— Parası var mıydı?

— Yok be abla. Parası olsa beni bulur muydu!?

Ayşe çay bardağı elinde olduğu halde dolaşıyordu.

— Acaba bir metresi mi var?

— Olabilir mi? Ama olmaz be abla. Adam beni karısı gibi görmüyor ki, metres tutsun... Olsa olsa bir karısı vardır.

— Yoo, erkek milletini sen benim kadar tanıyamazsın! Onlar, uzatmalı metreslerden, kısa görüşmeli metresleri arada bir bulurlar. Karısı olacağını sanmam. Ama köyde bir aptalı varsa, onu bilmem.

— Neden aptal diyorsun abla?

— Neden olacak, kocası şehirden beş yıl köye gitmiyor. Kadın hâlâ uyanmıyor. Deli olacağım! Kadına soruyorum, kocan neden gelmiyor, diyorum, aptal aptal cevap veriyor: "Ne yapsın adam" diyor. "Ekmek parası kazanıyor. Yol parası artıramıyor. "İnsan bu kadar aptal nasıl olabilir, bilemiyorum!

Gülsen bir an duraklayarak sordu:

— İnsanın insana inanması aptallık mıdır abla? Kadın kocasını kendisi gibi sanıyorsa bunun aptallık neresinde?! Sen asıl o kocaya kızıp, sahtekar demen lazım. Kadıncağız nerden bilsin kocasının keyfince kendi âleminde yaşadığını! Ben köydeyken bu gün bildiğim şeylerin rüyasını bile göremezdim. Dünyalar ayrı abla. Köylü kadınındaki temiz duygulara sakın aptallık deme, sana kırılırım!

— Aman be aptal kız! Nerelere götürdün işi... Ben senin aptallığından yola çıktım. Gece yarısı kocanın sıvacılık işinde çalışabileceğine inanıyorsun... Uyan kızım uyan! Aptal olma diyorum sana. Sen anlamıyorsun...

— Ne yapayım abla... Bırak böyle bileyim. Gerçek

beni yine yaralayacaksa neden öğreneyim!?.. Anla artık bir ihaneti, bir yarayı daha tartamam. İnan ki çok yoruldum.

Birden konu değiştirme gereği duymuştu Gülsen:

— Sen şu hayatını anlat ta merakım gitsin. Sen beni bırak... Beni ben bile bıraktım. Sen ilgilenip ne yapacaksın?..

— Peki, madem öyle söylüyorsun anlatayım. Çay demlenmiş midir? Birinci demin gibi az yapmadın inşaallah?.. Kız insan üç bardak çay demler mi?

— Ee ne yapayım abla çayımız yok. Para da yok!..

— Peki kocan parayı ne yapıyor?

— Bilmem.

— Nasıl bilmezsin kızım? Sen bu evde hizmetçi misin? Ancak hizmetçi, evin erkeğinin maaşını bilmez. İnsan kocasının maaşını bilmez mi?!

— Benim yerim belli değil abla. Bu evde neyim, henüz anlayamadım.

Ayşe bir an düşündü. Kendisini bir evde emanet eşya gibi hisseden bir kadın, nasıl mutlu olurdu?! Fakat artık bir şey söylememeyi yeğledi.

— Peki Gülsen gel. Şöyle karşıma otur da anlatayım.

— Hele şükür abla! Nihayet beni delirtmeden konuşacaksın...

Gülüştüler. Her ikisinin gülüşü de acımsı bir renk sunuyordu.

— Gülsenciğim; benim hayatım dokuz yaşımdayken ters dönmeye başladı:

Kırk yaşında bir adam bana tecavüze kalkıştı. Hem de akrabamızdı. Kimselere söyleyemedim. Hayata dokuz yaşımda küstüm. Oyun oynarken bile kendimi lanetli bir kız gibi gördüm. Gülemedim oynayamadım. Sonra da kimseye söyleyememenin ızdırabını yaşadım... Bu ağır, dünyadan büyük olan yükle on dört yaşıma girdim. Beni hiç sevmediğim birine verdiler. Babam sormadı bile. Anneme çok yalvardım. Ne olur anne, babama söyle, beni bu gence vermesin! dedim. Annem babama söylemiş. Babam nerdeyse beni öldürecekti! Mecburen evlendim. İçim sevmediği halde evlendim, sonra da hiç sevemedim. Buz gibi evlendim, öyle de kaldım.

Her geçen gün kocamla aramız açılıyordu. Ama namusuma çok düşkündüm. En ufak bir şekilde ihanet etmeyi düşünemedim.

Böyle bir atmosferde on yıl yaşadım. On yıl sonra kocam bir kadınla ilişki kurdu. Bize para vermez oldu. Bana kızınca evden çıkıyor, iki gün eve beş kuruş bırakmıyordu.

Küçük kızım da doğmuştu. Artık haftada bir, üç beş kuruş bırakıyordu. Yalvarıyordum, ne olur, hiç olmaz yiyecek paramızı bırak! Senden kocalık vazifeni istemiyorum! Sadece karnımızı doyur. Çocuk süt istiyor, yok! Büyük çocuklar yemek istiyor yok!..

Ne söyledimse kocama dinletemedim! Adam yeni sevgilisine veriyordu. Pavyonda içiyor, kadınların kolunda resimlerini çektirip eve getiriyor, "bak" diyordu, "İşte senin kocan böyle marifetli bir erkektir!"

Onu sevmediğim yetmiyormuş gibi böyle aşağılık

işleriyle karşılaşıyordum. Yine de namusumdan ödün vermedim.

Bir gün eve geldi. Tutturmuş, sevgilimi de bu eve getireceğim beraber yaşayacaksınız, diye!.. Bardağı taşıran son damla oldu. Kabul etmem, dedim. Yine itiraz etti. Kadını eve getirdi. Bizim gözümüzün önünde ona hediyeler getiriyordu. Bizim karnımız açken, o böyle yapıyordu!

Bu, öyle bir acı geliyor ki insana, öldürsen doyamazsın!..

Çocuklarım ve ben bunalıma girdik. Ortalama bir ay hiç yemek yemeden, çorba ve zeytinden başka evimize hiçbir şey girmedi.Üzüntümden sütüm de kesildi. Zaten süt nerden olabilirdi. Hiç bir şey yiyemez olmuştum.

Bir marketçi hacı vardı. Ona gittim. Ne olur bir kilo süt ver, dedim. Çocuğum ölecek!

Adamcağız beş şişe süt verdi.

Beş altı gün sonra yine gittim. Adamcağız yine beş altı şişe süt, iki üç kilo peynir verdi.

Dayanılmaz çile çekiyordum.

Artık hacı amcaya da gidemiyordum. Yüzüm yoktu. Bir bakkala gittim. Durumumu ona anlattım. Ne olur, bu gidişle kötü yola düşeceğim; bana yardım edin, dedim. Adam: "İlk siftahını benimle yap. İnan ki uğur getiririm." dedi.

Sarsılmış, cin çarpmışa dönmüştüm. Kulaklarım ses duymaz oldu. Gözlerim karardı. Adamın terazisindeki kiloyu tuttuğum gibi adamın kafasına fırlattım. Göğsüne geldi. Hızla eve gittim, kocamın sevgilisi evdeydi. "Bunlar senin yüzünden başıma geldi!" diye onu bir güzel dövüp kapı dışarı attım. Durmadan ağlıyordum.

Kocam akşam geldiğinde yosmasını evde bulamayınca beni adamakıllı dövdü, sonra çekip gitti. İki saat sonra almış onu geldi. "Bundan sonra buna elini sürersen parmaklarını keserim!" dedi.

Bir hafta sonra sevgilisinin kardeşi Sami geldi. Sami kadınları tanıyordu. Benim mutsuz olduğumu hemen anlamıştı.

Bana söylediği ilk söz şu oldu: "Ayşe hanım, size çok üzüldüm, sizin gibi bir kadını üzmek olur muydu. Doğrusu kocanız hata yapmış. Ablamdan çok daha üstünsünüz!"

Adam benim kanıma girmişti. Baktım beni yoldan çıkaracak, ben de duygularıma engel olamayacağım, onu eve sokmamaya başladım. Kocam bu kez de: "Neden misafirime kötü davrandın!" diye dövdü.

O sopanın acısını hiç unutmuyorum.

Şeytan, şu adama boynuz tak, dedi ama ben temiz süt emmişim, yapamadım.

En sonunda kocam beni bıraktı. Üç çocuğumla baş başa kaldım. Derneklere, vakıflara müracaat ettim, kimse yardım etmedi. En küçük yavrum hastalandı. Bende süt yok! Komşulara gidiyordum, yemek vaktine rastlarsam birkaç lokma yerim ki çocuğuma süt olsun, diyordum. Ama her gün de gidilmiyor ki!.. Kimsenin komşusunu araştırdığı filan da yok. Konu komşu derken bir yılı geçirdik. Yavrularım bir kez et yemeden, meyve yemeden geçti bir yıl...

Bir yıl sonra, çocuğum tam olarak aç kaldı. Açlıktan bayılıyordu. Büyük oğlum da gelmiş bana müjde veriyordu:

"Anne bak para!"

"Nerden buldun?"

"Çaldım anne; kardeşim ölecek diye çaldım. Yarın da okuldan çıkıp iş arayacağım. Ne iş olursa yapacağım anneciğim, sen hiç korkma!" dedi.

Bunu hazmedebilir miyim!?" Kapının önüne yığılıp kalmışım. Kendime geldiğimde aradan bir saat geçmişti. Oğlumu döverek parayı geri gönderdim. Sonra hasta oğluma baktım. Çocuk ölüyordu. Alıp doktora götürdüm.

"Bu çocuk açlıktan ölüyor hanım." dedi. "Sen ne vicdansız annesin!"

Gözlerimi alabildiğine açıp, ok gibi ona çevirdim; ta göz bebeklerinin içine bakarak konuşmaya başladım:

"Benimle dikkatli konuşun hanımefendi! Ben çocuklarım için canımı bile verecek kadar fedakar bir anneyim! Fakat çaresizlik insanı böyle yapıyor!"

Doktor biraz mahzunlaşarak sordu:

"Ne yani, şimdi bu çocuğun karnını doyuracak kadar paran yok muydu?!"

Sinirlenerek "yoktu" dedim.

Sonra doktor izah etti, neden inanamadığını: "Fakiriz, diye gelenlerin çoğunda burma burma bilezik gördüm." dedi doktor. "Onun için sana da inanmadım. Kusura bakma!"

O gün doktorlar birleştiler, bana biraz para yardımı yaptılar. Çocuğu doyurdular. Çocuk kendine geldi.

Eve geldiğimde ev sahibinden bir pusula gelmişti:

"Değerli bacım, duyduğuma göre çok sıkıntın varmış. Kirayı dert etme. Ne zaman imkanın olursa o zaman ödersin."

Bu ev sahibini ömrümün sonuna kadar unutmayacağım. Fakat toplumda çok kötü insanlar var. Birkaç iyi bu toplumu düzeltmeye yetmez. Kötülerle savaşı sürdürürken kazanmamız mümkün değil. Bu işin bir yolu olmalı, ama ne?

Günlerim böyle geçiyordu. Bir iş arayayım dedim, bulamadım. Çocuklarım perişan kaldılar.

Hele bir gün, o günü hiç unutmam. Yine çocuk açlıktan bayıldı. Şerefsiz bir manavımız vardı, ona gittim. Bir kilo domatesle bir ekmek parası vermesini rica ettim. Borç istemiştim bunu. Manav bana: "Gel seni bu sıkıntıdan kurtarayım, beraber yaşayalım." dedi. Çarem yoktu, kabul ettim. Ailem "açım" diyordum ama babam bir tarlasını satıp bana vermeye kıyamayan biriydi. Bir de amcam vardı, ısmarlamacı zengin. Ama öyle pintiydi ki, işçiler meslek öğrenmesin diye onların yanında elbise yapmak için kumaş kesimi yapmaz, onlara ancak ekmek zeytin alabilecekleri kadar para verirdi. Bana yardım etmesi imkansızdı. Aç kaldığımda birleşip yardım etmeyenler, ben kötü yola düşünce hepsi birleşip bizi rezil ettin, seni reddediyoruz!" diye ayaklandılar.

Evet, manavın metresi olmuştum. Duyulmuş. Bir gece ansızın akrabalarım evimi bastılar... Beni çıplak halde çocuklarıma gösterdiler. Bu zulüm yetmezmiş gibi beni sokağa attılar. Gecenin yarısı bir kadın nereye gider? Onlar için önemli değildi.

Başıma yıldırım düşmüş gibi geziniyordum sokaklarda. Sarhoş birini gördüm, ona yalvardım, "beni evinize alın ne olur!" dedim. Aldı. Meğer adamın bir gece kulübü varmış, bir de pavyonu.

Önce onun evinde hizmetçilik yaptım. İnsan bulunduğu ortama alışıyor. Yadırgadığı şeyi sonradan benimsiyor. Onun için ben önce çevre diyorum. Evet, bu dünya değişecekse, önce çevre oluşturmak gerektiğine inanıyorum.

Ve derken bir gün geldi, patronum: "Ayşe hanım, senin diğer kadınlardan neyin eksik te sen hizmetçilik yapıyorsun?! Gel benim pavyonda konsomatrislik yap. Kraliçe gibi yaşarsın!" dedi.

Orada ne iş yapacağım ben?" diye sordum.

"Çok basit işler. Korkma yine de namuslu kalabilirsin. Sadece pavyona gelen enayi kerizlere, fazla içki içirmeyi başaracaksın. Onu iyice sarhoş edeceksin." dedi.

Hâlâ daha bir insanı tuzağa düşürüp bu yolla soymak nasıl suç olmuyor, bunu bir türlü anlayamıyorum. Bu konu beni şöyle düşünmeye itiyor: Demek oluyor ki gizlice parasını alma, ama aldatarak al. Piyangoyu da biraz buna benzetiyorum. Neyse, ben konuma devam edeyim. Sonra gittim pavyona. Bana öğretildiği gibi enayilere içki içirdim. Kendim de içtim; derken resmen sermaye oldum.

— O ne demek abla?

— Sen sermaya nedir bilmez misin? Bilmezsin ya. Bunları bilecek yaşta değilsin tabii. Sermaye, kadının satılması, patronun o kadından para kazanmasıdır. Bir de, eskiden kadınların köle pazarında satılmasını ayıplıyor, bu konuda yazılar, kitaplar yazıyorlar. Bunlar çağ atladıkları için kadını köle pazarına götürmüyorlar. O güneşin altında kadını yakmıyorlar. Bunlar çağdaş ya onun için lüks binalarda satıyor, köle pazarına götürmüyorlar. Beni de sattılar, anla?

Ayşe, kararmış olan gökyüzüne bakındı önce. Sonra perdeyi hızla örterek devam etti:

— Evet, sattılar. Önce kendim kendimi sattım. Sonra da onlar, beni sattılar... Beş yıl çalıştım orda. Yaşamak burnumdan geldi. Sonra bir arkadaşım öldürüldü, Ayla... O'nun öldürülmesinden sonra, kızım Ayşe, dedim, su testisi su yolunda kırılır. Seni de birisi gebertmeden bu işten ayrıl. Ve ayrıldım... Sonra tevbe ettim... Sonra da bu işe girdim. Şimdi ne çocuklarımı görebiliyorum, ne de herhangi bir akrabamı. Bence bu haksızlık. Ailemde zina yapmayan bir erkek yoktu, ama onları çocuklarından ayırmadılar, beni ise hemen ayırdılar. Bu bir caniliktir!

Gülsen saf saf sordu:

— Tabii ki öyle olur abla. Erkekle kadın bir mi? Erkek yapar kadın yapamaz. Biz Müslümanız.

Ayşe gülerek cevap verir:

— Asıl Müslümanlıkta olmaz bu! Suçlu olan her iki cins de aynı cezayı görür.

Velhasıl Gülsen, şimdi bir yaşlı teyzeyle beraber kalıyoruz. Kendim çalıştığım için de para sıkıntım yok. Çocuklarım da yok. Bir ben varım benimle beraber, ben de beni nerde olsa doyururum...

Rahat ettin mi? İşte benim hayatım böyle geçiyor.

Allah beterinden korusun, derler ya. Bilmem daha beteri var mıdır?

Gülsen anlamlı anlamlı Ayşe'ye baktı.

— Günah olarak daha beter bir şey var mıdır, bilmiyorum ama keder olarak, daha beter bir şey var: O da evden gezmeye diye çıktığın halde bir daha dönememen, bunda senin suçun olmadığı halde tek suçlu sen bilinmen. Haklılığını ispat da edemedinse bir ömür yanarsın. Ben çocuk yaşımda bunu tattım abla. Ben saçmaladım pardon.

— Hay Allah, saat kaç oldu:

— Saat... Dur bakayım, on bire çeyrek var. Ben gideyim.

— Biraz daha otur ne olur abla, canım sıkılıyor.

— Olmaz, ertesi gün işe gidecek insanın yanında bu kadar oturmak terbiyesizliktir. Haddimi bilmem lazım. Gidiyorum.

Bütün ısrarlara rağmen gitmişti Ayşe.

Gülsen yalnız kalınca radyoyu açtı. Radyoda, Zeki Müren içli içli söylüyordu:

Diyorlar ki dünya fani
Toprak emer tatlı canı
Hastalandım ilaç hani
Bir acısız ölüm de yok

Gurbette ömrüm geçecek
Bir daracık yerim de yok

Oturup derdim dökecek
Bir vefalı yarim de yok.

Aman, aman, aman, aman.
Ben bu derde dayanamam.

"Bir vefalı yarim de yok" diyen dizeyi düşündü Gülsen. Evet, benim bir vefalı yarim yok. Annem babam akrabam yok... diye mırıldandı.

Sonra tekrar karar değiştirdi: "Ama benim babam vefalıdır.Eninde sonunda beni anlar."

Hayalleri zengindi Gülsen'in. Kendi kendine yeni yeni dünyalar kuruyordu.

* * *

Umulmadık bir gün akrabalarından birine rastlar. Akrabası hemen güzel haberi verir:

— Gülsen, biliyor musun birkaç hafta sonra ağabeyinin düğünü var!..

Gözleri dolmuştu Gülsen'in. Yolun kenarına çekilip bir apartmanın duvarına yaslanarak konuşmasını sürdürdü.

— Yaa... Demek düğün yapacak ağabeyim?! Babamın haberi var mı?

— Olmaz mı! Baban da geldi.

Gülsen birden İstanbul'u kucaklamak istemişti.

— Neee! Babam şimdi bu şehirde mi? Aynı havayı mı teneffüs ediyoruz?

— Öyle sayılır.

— O halde ben hemen babama giderim!

— Sakın ha! Öyle bir hata yapayım demeyesin, baban adını bile anmıyor!

İnanmıyordu Gülsen... Akşamı zor etmişti.

"Babam aramıza dağlar mı girdi.

Yedi beni hasretin, yedi bitirdi." diyordu devamlı.

Akşam saatler geçiyor Gülsen'in sıkıntısı daha çok artıyordu, bir türlü bu sıkıcı ortamdan kurtulamıyordu. Birden aklına geldi, böyle durmakla olmazdı. Gidip ona sarılıp gelebilirdi.

Hemen giyinip yola çıktı. Bir müddet yürüdükten sonra aklına geldi:

"Ben delirdim mi?! Bu saatte nereye gidiyorum?! Bir de beni yine içeri almazlarsa?... Acaba aynı sokağa gitsem, babamın kokusunu alsam mı?! Yoo, bu geç saatte olmaz!"

Geri dönüyor Gülsen. Fakat bu defa durumu farklı buluyor. Kocası gelmiş onu beklemektedir. Salih'i görür görmez şaşkınlığını belirtir.

— Aaa sen! Bu kadar erken nasıl geldin?

Salih çok sinirli cevap verir:

— Beklemiyordun değil mi? Hangi oynaşınla sürtüyordun?

Birden bire beyni dönen Gülsen sert bir sesle cevap verir:

— Doğru konuş Salih! Bu ne biçim söz! Babama gideyim diye bir fikir esti, yolda aklım başıma geldi geri döndüm. Bak Salih, bana böyle hakaretler edersen, ben bunu çekemem, bilesin!

— Çekme kızım. Sana çek diyen mi var?!

— Yani git diyorsun!?

— Evet, çekmezsen gidersin!

— Haklısın Salih, beni aynı karında yatanlar anlamadı sen mi anlayacaksın! Bana bir daha kahpe mahpe dersen hemen giderim.

— Nereye? Babanın ya da sevgili ablacığının kapısına mı?!..

— Alay etme...

Ağlamaya başlamıştı Gülsen:

— Alay edersin... Haklısın Salih... Senin gibi bir insanın bana acımasını beklemem hata oluyor.

— Neden, ben insan değil miyim?

— Bilmem ki... Bir insan nasıl bir insanın derdiyle alay eder?!

Salih yumuşamış biraz da Gülsen'e acımıştı.

— Kız sen beni tanımıyorsun. Böyle konuştuğuma bakma, ben sana çok acıyorum. Eşeklik yaptığıma aldanma.

— Peki, neden bana acıyorsun da her akşam geç geliyor, bana da olmadık sözler söylüyorsun?

Bu tartışmalardan sonra, karar vermişti Gülsen, bu geç gelişin sebebini öğrenecekti. Çok geçmeden öğrenmişti bile.

Salih, duvarcılıktan çok güzel para kazanıyor. Fakat her gece kazandığı parayı kumara veriyordu. Gülsen buna çok üzülmesine rağmen bir şey yapamıyordu. Sadece isyan ediyordu.

— Neden kumarı yasak etmiyorlar, neden:!.. Devlet baba bizim durumumuzu bilmiyor mu?!

Gülsen bu ülkede bazen bir kapıcının bile devlet olduğunu bilemiyordu. Kafasını kurcalayan: "Kadınları ağlatan bu kumar neden serbest ediliyor?" soruları cevapsız kalıyordu.

* * *

Çok geçmeden babasına gitme izni olduğunu öğrenmişti.

Gülsen iş yerindeydi. Onun için bayram vardı. Mesai arkadaşlarına anlatıyordu:

— Babamı göreceğim. Bundan daha büyük nimet var mı? Ama babama götürecek hediyem yok.

İşçilerin her biri ayrı telden çalıyordu. Biri:

— Ah patron ah!.. Devlet baba gibi sen de bizi anlamıyorsun! O asgari ücret veriyor, sen de bunu fırsat biliyorsun!..

Birbaşka işçi böldü bu konuşmayı:

— Adalet mi ulan bu!.. İşçine asgari ücret ver, sonra da kendin para biriktir!.. Her gece pirzola ye, döner ye... Boğazında kalır inşaAllah!

Başka bir işçi daha atıldı ortaya:

— Dikkat et Yakup, patronların yağcıları vardır aramızda, gidip söylerler!

— Ne söyleyecek aslanım, yalan mı söyleyecek köpek! Kendisi de asgari ücret almıyor mu? Bacımız, babasına hediye alamıyor, niye? Verilen para ancak bir kediye yeter.

İktidarda CHP var.Umudumuzu da yedik. İspiyoncu bunları bilmiyor mu?

— Bilir abi bilir, kendisi de asgari ücret alır. Alır. Kendisi, üstelik patronunun anasına da küfreder. Ama itlik olsun işte!.. Yağcı deyusların işleri güçleri birilerine yaranmaktır! Hele patrona yaranmak isteyenlerin haddi hesabı yok. Ulan insan bu kadar nasıl alçaklaşır, bilemiyorum!

Gülsen şaşırmıştı:

— Abiler, benim yüzümden tartışmayın! Para bulamazsam hediyesiz giderim. Yeter ki babamı göreyim!

Selma:

— Sahi, senin baban nerdeydi?

— Sormayın, anlatacak halim yok. Televizyon dizisi gibi bir şey benim hayatım. Babamı görmeyeli aylar oldu.

— Canım aylar ne ki?! Biz babamızdan ayrılalı yıllar oldu...

— Benim ayrılığım bambaşka oldu abla. Babam, benim ona ihanet ettiğimi sanıyor... Bilmiyorsunuz neler oldu.

— Neyse, kimsenin özel hayatını araştırmaya hakkımız yok. Ama bir pasta parası bulamazsak halimiz ne olur, bilmem. Resmen utanıyorum. İnsanlık mı bu? Kimisi, bir düğünde bizim on yıllık maaşımızı harcıyor, kimi köpeğine bizim maaşımızın beş mislini bir ayda yediriyor!.. Bunları gören yok da ben ona yanıyorum!..

Yakup parlak bir fikir atmıştı ortaya:

— Gelin patrona çıkalım. Ya paramızı artır, ya da, biz çıkarız, diyelim!

Bir başkası artık alaya dökmüştü işi:

— Patron da çok etkilenir!.. Aman Allah'ım ne parlak fikir!.. Oğlum sen hasta mısın!.. Adamın işçiye minneti mi var. Sokakta işsizler çorba gibi kaynıyor. Sen çıkarsan aç kalmış bir sürü işsiz adam bizim işimizi havada kapar, havada!.. Senin dünyadan haberin yok galiba. Devir patronların devri. Gerçi bu düzen artık onları da eziyor ya... Ancak büyük sermayeler dayanıyor bu düzene. Büyük sermayelerin de, çoğu ya Yahudi, ya ermeni ya da Hıristiyan. Eh bizden de nimunelik birkaç kişi var. Her geçen gün, küçük sermayeler yok ediliyor ki büyükler kazansın. Bu da ekonomik savaş. Vietnam, Kuzey Irak, Hama, Bosna Hersek, Filistin ve Somali gibi yerlerde gördüler ki, öldürmekle inananlar yıkılmıyor, bilakis diriliyorlar. Şimdi işi, ekonomik ve psikolojik savaşa çeviriyorlar.

Selma:

— Benim bir teklifim var: Patrondan avans isteyelim. Gülsen'e yazıktır! Babasının yanına eli boş gitmesin!..

— Arkadaşlar bu gidiş kötü.

Kimse kimseyi dinlemiyordu:

— Bu gidişle işsizler ordusu bu düzeni yıkacaktır. Zira aç kalan kedi bile aslandan daha güçlü olur. Milletin bunalımına bu düzen cevap veremiyor. Zenginler doldurdu makineyi. İlericilik zannedilip alkışlandı. Düşünen olmadı ki, bir makine, bin işçiyi işinden edecek.

Olan işçiye oldu. Bu da bir gün umulmadık bir şekilde patlak verecek. Ama ne zaman verir onu kestiremiyorum. Şu halimize bakın, arkadaşımıza bir pasta, evet bir pasta parası bulamıyoruz!..

Kimi şiirler yazmıştı:

Kör olası düzen, görmezliğin bilinsin
Sensin fakiri büzen, sen hiç tekin değilsin
Büktün bizim belimizi, eğildik çukurlara
Umurunda değil senin, sen de bizim değilsin.

Bütün gayretler boşa çıkmış, Gülsen o gece babasının yanına gidememişti. Heyecandan yerlere sığmıyordu. Onun için dünya hepten daracık olmuştu.

Bir pundunu bulup düğünden bir gece evvel babasının yanına gidecekti. Bu defa çok kesindi kararı. Babası onu kovsa bile: "Babamsın. Kovarsın ama yine bana yanarsın!" diyecekti. O gece kocasını da ikna etmişti. Beraber babasına gidecekti. Adresi alıp yola koyulmuşlardı.

İşte babasının kaldığı ablasının evinin önündeydi. Yarım kilo mandalina almıştı Gülsen. Kapının zilini çalarken elleri titriyor, gözlerinden seller gibi yaş dökülüyordu.

Kalbi duracak gibi olmuştu. Birden yeğeninin kapıyı açtığını gördü. Çocuk hayret ifadesiyle içeri seslendi:

— Aaa! Teyzem geldi!..

Gülsen süzülerek içeri giriyor, her tarafının titrediğini hissediyordu.

Salondan oturma odasına girince babasını gördü. Babası da kızına hasret dolu bakmış, kollarını açmıştı.

— Babam... Biricik babam...

— Yavrum... Tatlı kızım benim...

Baba kız gözyaşlarını saklamadan ağlıyorlardı.

Bir müddet sarılıp ağlaştıktan sonra ablasına ve etrafına bakındı Gülsen. Bu sahneye başka ağlayan var mı, diye gözgezdiriyordu.

O gece, gecenin yarısına kadar oturmuşlar, daha sonra kocasıyla beraber eve dönmek için yola çıkmışlardı.

Kuş gibi olmuştu Gülsen. Artık çok mutluydu. Utanmasa bağıracaktı, hey dünya duy beni, babamla barıştım, diyecekti.

Adımlarını neşeyle atıyor, sevinçten gözleri bir şey görmüyordu. Kendisini çok mutlu hissetmişti. Bu mutlu hissedişin ardından hemen kocasının durumu aklına gelmişti. Ne olurdu, bu mutluluktan sonra bir de kocası iyi olsaydı!..Bahçelievler'in karanlık sokaklarında gezerken, Gülsen birden bire kocasına döndü:

— Salih be! Gördün değil mi, ben sokak kızı değilim! Anam babam var. Ablam yeğenlerim var. Ne olur, bana sokak kızı gibi davranma!..

Sokak lambasından gelen ışıklar Salih'in yüzüne vuruyor, Gülsen'e güler yüzle baktığını Gülsen de görüyordu.

— Tamam Gülsen! Artık seni ağlatmayacağım!

— Sahi mi söylüyorsun?! Allah senden razı olsun. Bundan sonra eve erkenden gelecek misin?

— Tabii bir tanem, işten çıkar çıkmaz doğru eve geleceğim.

— İnanamıyorum... Gerçek mi söylediğin?!

— Evet gerçek. Artık evde de arkadaşlarıma içki içirmeyeceğim. İçki içince ağzımdan çıkanı kulağım duymuyor. Seni güldürmeye kararlıyım Gülsen. Sen temiz bir insansın. Mutlu olmak asıl senin hakkındır.

İlk defa kocasıyla güzel güzel anlaşmışlardı. Bu mutluluk duygusuyla saatlerce yürüse yorulmazdı.

Gecenin yarısı olmasına rağmen, Gülsen yavaş yavaş yürüyordu. Bu mutlu gecesini bitirmek istemiyordu.

Aylardır ruhu alev alev yanıyordu. İlk defa nisan yağmuru gibi su serpiliyordu alevler içindeki ruhuna.

Sevinci hâlâ ayaktaydı, kocasına da havasını atmakta geri durmuyordu:

— Gördün değil mi Salih. Akrabalarım var benim... Benim için ağlayan bir de babam var!..

— Evlerinin önüne geldiğinde komşuları x hanımın sesini duydu. Dönüp komşusunun penceresine baktığında ışıklarının yandığını görünce hayret etti.

— Allah Allah... Salih bunlar erkenden yatarlarken bu gece neden yatmamışlar?!

Sesleri duyan x hanım pencereden başını uzatıp Gülsen'e seslendi:

— Gülsen gelsene. Doğum yaptım, sana ihtiyacım var.

— Tabii gelirim, ne demek! Senin bana ihtiyacın

olur da ben gelmez miyim! Salih de gelsin mi, kocan evde mi?

Karıkoca gecenin ikisinde komşularının evlerine girmişlerdi.

Bu girişin ardından gelen felaketin neler olacağını nerden ve nasıl bileceklerdi ki!..

Gülsen'in ikinci önemli dönemi başlayacaktı. Bir ömür boyu çilenin mührü ikinci kez bu gece vurulacaktı.

Adaletin ölü olduğu âlemde
insanlık korkar.

2. BÖLÜM

Ölümden Beter...

Gecenin ikisi olmuştu. Gülsen ve eşi doğum yapan komşu kadının evinden çıkıp evlerine gelmişlerdi.

Gülsen mutlu bir gecenin ardından güzel bir uyku çekmeye hazırlanıyordu.

Birden bir ses duydu:

— Salih!.. Salih evde misin?

Salih gelen seslerden rahatsız olmuştu.

Tedirgin bir halde sordu:

— Kim o? Bu saatte adam aranır mı?

— Biziz biz. Tanımadın herhalde?

— Haa!.. Siz misiniz?! Dur bir dakika giyinip geleyim.

Telaşla giyinmişti Salih. Rengi solmuştu.

Gülsen,bir anlam verememişti bu işe. Gecenin yarısı ziyaret olur muydu?

Çekinerek usulca Salih'in yanına yaklaşıp sordu:

— Kim bunlar Salih?

Salih panik içinde cevap verdi:

— Bizim arkadaşlar.

— Ne istiyorlar?

— Bilmiyorum. Sen içeri git.

Gülsen merakla bekliyordu yatak odasında. Kulağını antreye vermiş, kocasıyla olan konuşmaları dinliyordu.

Uzaktan gelir gibi boğuk ve zor anlaşılan bir ses:

— Ver ulan borcunu! Bizden kurtulman mümkün değil, anla bunu artık.

— Yok ağabey yok!Beş kuruş yok!..

— Bunu kumar oynarken düşünseydin!..

Gülsen, iyi niyetli adamlar olmadığını çoktan anlamıştı. Birden kocasının söylediği bir cümle kendisinin beynine bomba düşmüş duygusu veriyordu. Salih'in sesiydi bu, hayır hayır yanlış duymuyordu:

— İsterseniz karımı alın abi! Ben bu parayı ödeyemem!.. —Ya da, karımı bile alsanız param yok, demiştir.—

— Boğuk sesler... Biraz gürültü, ardından birkaç dakika sessizlikten sonra, odaya iki kişi girer.

Gülsen bu iki erkeğin ancak yüzünü görebilmektedir. Mum ışığında yaşadıkları için, elektrik yoktur evlerinde.

Erkeklerden biri:

— Paraları ver!

Gülsen ürkek ürkek cevap verir:

— Yok abi! Vallahi paramız yok!..

Çok geçmeden:

Salih'in sesini duymaz olur Gülsen.

— Şunun ağzını bağlayalım, bizim arkamızdan bağırmasın.

Gülsen'in ağzını sıkıca bağlarlar. Elini ayağını da bağladıktan sonra sandalyeye de bağlarlar. Gülsen ne olduğunu hiç anlayamaz. Kocasından da ses yoktur. Gelenlerin kocasını alıp götürdüklerine inanır. Bu arada mum sönünce Gülsen karanlıkta kalır. Korku filmlerindeki gibi.

Yine ağlıyordu Gülsen... Gözyaşlarına bant bağlanmamıştı. Yasak da yoktu üstelik. Zaten bu ülkede bir tek, harama günaha ve gözyaşına yasak yoktu.

Gülsen dehşet içinde bir gece geçiriyordu. Ne olduğunu bilemediği bir gece.

Korkuyordu. Karanlıkta bir elin bacaklarına doğru uzandığını hisseder gibi oldu. Avazının çıktığı kadar bağırıyordu ama sesi sadece "ıııh" diye çıkabiliyordu.

Hangi insan bunu yapabilirdi!? İlerleyen ülkenin insanıydı bunu yapan. Çağ atlıyordu ülke, ama insanlık çağlar öncesinde bile görünmemiş durum, vahşete sürükleniyordu. Gülsen'i bağlayanlar da atlayan çağın nereye atladığını net bir şekilde gösteriyordu.

Gülsen müthiş bir korku girdabındaydı. Bir el ha değdi ha değecekti Gülsen'e. Karanlıkta birilerinin nefesini duyar gibiydi. Hemen yanında canavar gibi insanların durduğunu hissetti.

Evde kimse yoktur aslında, ama Gülsen karanlıkta birilerini hayal ettikçe korkudan kalbi duracak duruma gelir.

Hava da alabildiğine soğumuştur. Üşür Gülsen... Soğuk onun kanında oluşmuştur; korkunun şokundan o kadar çok üşür ki, dişleri birbirine vurarak ses çıkarmaya başlar. Dişlerinden çıkan ses Gülsen'i daha çok korkutmaktadır. Ne ki çare bulamaz Gülsen...

Bu dehşet içinde, hayaller kurar: "Kocam gitti. Beni burada kim bulacak? Komşular sanacaklar ki bunlar karı koca olarak ayrıldılar, evde kimse yok. Ben de burada ölünce kurtlanacağım. Etimi fareler böcekler yiyecek." Bunları düşünürken, sabaha karşı kendinden geçer.

Bir de kendine gelir ki evde bir sürü insan, bir kaçı da Gülsen'in başucundadır. Birisi elindeki jopla Gülsen'i dürter:

— Heyy, uyan bakalım uyan! Kim bağladı seni?

Neye uğradığını şaşıran Gülsen, karşısında duranların insan olup olmadığını düşünüyordu. Acaba bu bir rüya mı? Yoksa cinlerden birileri mi geldi? İnsan olsalar, benim bu çileme karşılık bana geçmiş olsun derdiler, demek bunlar cin taifesi olduğu için söylemiyorlar. İnsan olsa imkanı mı var. Nasıl olur da böyle bedbaht, yaralı birini azarlardı!..

Zoraki cevap verdi Gülsen:

— Beni bağlayanların kim olduğunu bilmiyorum.

— Hadi hadi, bırak bu masum ayaklarını!.. Kendini kendin bağlatıp bize masum numarası yapma, dişlerini dökerim!

Gülsen anlayamıyordu. Şaşkındı yavrucak. Düzen her yerde eserinden birkaç kişi gösteriyordu.

Düzene özel kişiler vardı. Bunların merhameti

özellikle alınmıştı. Bunlar da o merhameti alınmış olanlardı.

Hiç kimseye acımıyordu bunlar da.

Gülsen âdeta donmuştu... Elini kolunu kımıldatamıyordu. Bağlı olan elleri kolları da şişmişti. Bir ara sert ifadeli bir ses duydu:

— Hadi kalk bakalım!

Dehşet dolu gözlerle etrafına bakarak sordu:

— Nereye gidiyorum amca?

Sinsi sinsi gülen görevli sinsice cevap verdi:

— Layık olduğun yere!..

Gülsen telaşla soruyordu:

— Amca kocam nerdi? Beni kim bağladı? Ne oldu bana?!

Görevlilerden birisi çok sinirlenmişti:

— Kes ulan sesini kahpe! Adamı makaraya alma!..

Bu arada Gülsen tam kapının girişindeki duvara sıçrayan kan izlerini gördü.

— Aman Allah'ım bu nedir?! Kim öldürüldü?!

Görevlilerden biri:

— Haberin yoksa birisinin öldürüldüğünü nerden biliyorsun?

Zafer kazanmış gibiydi memur. Gülsen ağlayarak cevap verdi:

— Kan abi kan! Şu kanlara bakın, bu kadar kan akan yerden kim sağ çıkar?! Gözünü seveyim söyleyin amcalar, abiler, kimden akmış bu kan? Kocam mı başkasını, başkası mı kocamı bıçakladı?

Birkaç kişinin hakaret etmesi, hatta içlerinde Gülsen'e acıyan olsa da, hakaret edenler Gülsen'i şok ediyordu.

Alıp Gülsen'i, kurbanlık koyun gibi sürükleyip götürdüler. Ama hayır, kurbanlık koyun gibi değil, kurbanlık koyun çok daha şanslıdır Gülsen'den. Çünkü koyun Allah için kesildiğinden ruhu çok mutlu olur. Belki de kelebekler gibi uçup giderler. Ama Gülsen!.. Gülsen düzene kurban gidiyordu. Düzen kurbanları ise, cennete değil, cehennem kazanı gibi derinlere giderlerdi.

* * *

Gülsen apar topar işkence odasına götürülüyor. Önce güzel güzel, çağdaşça, medenice soruyorlar:

— Söyle kız, adın soyadın.

— Gülsen Tekel.

— Neden kocanın soyadıyla seninki bir değil?

— Bizim resmi nikahımız yok abi.

Memur yeni bir ip ucu bulmuş gibi sevinir:

— Hııı... Yaz oğlum: Metres oturuyor.

Gülsen dehşetle yerinden fırladı:

— Hayır, ben metres değilim! Hoca nikahımız vardı!

— Ulan senin hocanın da... Nikahının da... Söyle bakalım, kimdi onlar?!

Titreme ve soğuktan donmuş ağzını zorla açıyordu Gülsen. Zoraki cevap verdi:

— Bilmiyorum.

— Nasıl bilmezsin? Senin evine gelmedi mi onlar?!

— Geldiler. Ama ben bilmiyorum. Onu kocama sorun.

Memur alaylı alaylı gülümseyerek cevap verdi?

— Olur! Kocana söylemek için şimdi öbür dünyaya gider gelirim! Kahpelik yapma, katilleri söyle!..

— Kim öldü ağabey,kim öldü?! Artık dayanamıyorum, ne olur söyleyin…

Görevli iyice sinirlenmiş, dişlerini sıkıyordu:

— Bana bak köylü yosması! Bizi işletmeye kalkışma, seni anandan doğduğuna pişman ederim!..

— İşletmiyorum! Ne olur inanın, kim öldü bilmiyorum!

— Nasıl bilmezsin ulan, sen onlarla beraber değil miydin?

— Allah korusun! Ben onları tanımıyorum bile! Abi kim ölmüş?

— Allah'ım bu kız beni deli edecek! Kız bana numara yapma diyorum. Bal gibi biliyorsun kocanın öldüğünü! Şimdi bu pozlara girip beni temelli gıcık etme.

— Nee! Kocam öldü mü! Aman Allah'ım!.. Gerçek mi söylüyorsunuz?!

Gülsen sesli sesli ağlamaya başlar:

— Babaam babam! Gel kızının halini gör babam! Ben yapmadım inanmıyorlar! Seni de yeni görmüştüm babam. Salih'le de anlaşmıştık düzelecekti. Artık kumar oynamayacaktı. Ama gel gör ki babam!..

Hıçkıra hıçkıra ağlıyordu Gülsen:

— Allah'ıım, Allah'ım! Ne olur canımı al Allah'ım!... Dayanamıyorum, oyy oy babam ben öldüm, babam ben öldüm!..

Görevlinin sesiyle irkilir yavrucak:

— Sesini kes ulan senin zırıltını çekemem!

İkinci kişi:

— Bizi etkilemeye çalışıyor. Ulan karı da amma rolcü ha!... Nerdeyse inanacam kahpeye.

Bu arada biraz ötede duran görevli Gülsen'e yalvarıyordu:

— Senin suçsuz olduğuna ben inanıyorum bacım. Ama bunlar inanmazlar. Kabul et gitsin... Yoksa işkence yaparlar.

— Neyi, neyi kabul edeyim amca?

— Ben öldürdüm, de.

— Allah korusun, ölürüm de öyle bir şey diyemem!..

— Dersin dersiiin! Ölmeden de bunu söylersin. Girdin mi işkence yerine, "Dünyayı ben öldürdüm." Dersin. O işkenceden kurtulmak için!..

— Ben o yapmadığım bir suçtan dolayı mı işkence yapacaklar?!

— Bunlar yapar kardeşim. Bunların merhameti alınmış, acıma hissi nedir bilmezler.

— Ama benim suçum yok! Ben onları tanımıyorum!

— Olsun kardeşim. İşkence görmemek için kabul et.

Can evinden durmadan vuruluyordu Gülsen.

— Kabul edemem!

— Etmek zorundasın!

— Beni öldürün öyleyse! Ne olur öldürün beni. Ben öldürdüm, diyemem!

— Dersin, dedik ya. Hem de çok güzel bir de imza atarsın altına!..

— Ben...

— Sen şimdi beni dinle... Sana iyilik yapıyorum kardeşim. Acıdım sana. Biz de insan evladıyız. Farelerin bile inlemesine gözyaşı döken biriyim ben.

Gülsen böyle merhametli birine rastladığı için sevinmişti:

— O halde beni gönderin kocamın cesedini bâri göreyim. İnanamıyorum. Daha dün akşam anlaşmıştık. Allah'ım! Nedir bu başıma gelenler?! Bunlar kulundan mı, senden mi Rabbim!

— Kız, evladım ağlamayı bırak da dediğimi yap. İtiraf et.

Bu arada görevli sayısı artıyordu. Her gelen bir köşede büzülmüş halde duran Gülsen'e bakıyordu:

— Bu kız mı?

— Evet. Benim haberim yok, diyor.

— Herhalde yok diyecek. Bu işi yapan o kadar aptal mı?

Gülsen kendisi hakkında konuşanlara bakıyordu. Artık konuşmaya bile hali yoktu. Oturduğu yerde sızıp kalmıştı. Birkaç saat sonra sert bir sesle kendine geldi:

— Kalk ulan kahpe! Senin bu numaralarını şimdi sana okutacağım!

Sonra görevlilere döner:

— Bunu aşağıya alın.

Aşağı almak, ne demekti? Gülsen bunu bilmiyordu bile. Ve Gülsen işkence odasına alınmıştı.

Gülsen dar ve çok derinlerde bir zemin kata indirilir. Şehrin göbeğinde bir binaydı burası. Dışarıdan görünüşü pek moderndi. Ama zemin katında insan âdeta pişiriliyordu. Gülsen'i bir sandalyeye oturttular.

Evet, ilk sorgucu geliyor. Cehennem zebanisi bile bu insanların yaptığını yapmaz. Cehennem zebanisi, zalimlere, suçu kesin bilinenlere ceza verirdi ama bazı polisler, özellikle bazı polisler, vicdansız değildir, ama vicdansız polisler düzenin tuzağına düşmüştü. Düzen onlara şunu söylemişti:

"Sana para veriyorum, katilini bulmadığın cinayette, maktule en yakın olan kişiyi bul ve işkenceyle ona suçu kabul ettir." Belki kelimesi kelimesine böyle değildir ama dolayısıyla aynı kapıya çıkacak olan yöntemlerle bunlar söylenmektedir.

Bir düzen, bunca adaletsizlikle nasıl ayakta kalabilirdi ki?! Düzen İslam devleti bile olsa yönetenler âdil değilse, o düzen de yıkılırdı. Bu düzen bunca adaletsizliklerle ayakta kalır mıydı?! Belki kalırdı.

Ama Gülsen ayakta kalamayacak duruma geldikten sonra, Gülsenler ve aileler perişan olduktan sonra... Yıkılsa bile Gülsen'e faydası olamazdı.

* * *

Gülsen işkence hücresindeyken yan hücreden gelen sesleri duymaya başladı:

— Allaaaah!.. Vurmayın!.. Vurmayın ne olur! Kurbanın olayım!.. Dışkını yiyem abi ne olur vurma! Ben görmedim! Vallahi görmedim, ekmek kuran çarpsın görmedim!

Öte yandan bir çığlık sesi daha.

— İmdaaaat! Bir merhametli insan yok mu?! Beni kurtarın!

Memurlardan birisi Gülsen'e döner:

— Gülsen… Bu sesleri duyuyorsun değil mi! Bu duruma düşmeden, beni yormadan itiraf et: Kimdi onlar?

— Tanımıyorum amca! Vallahi tanımıyorum! Komşudan geldik, hemen on dakika sonra kocamı çağırdılar…

— Hangi komşudan?

— Hemen yan komşudan. Yeni doğum yapmış kadın camdan beni çağırdı:

— O halde paçayı kurtardın. Hemen o komşuna haber gönderiyorum. Öyleyse kurtuldun sayılır.

Gülsen derin bir nefes alıyor.

— Allah'a şükürler olsun. Hemen çağıralım. Ama yeni doğum yaptı. O gelemez.

— Ne zaman doğum yaptı?

— Bilmiyorum. Biz ablamlardan gelirken gördük.

— Kaçta geldiniz ablanlardan?

— On ikide.

— Tamam. İki şansın çıktı. Onlara sorarız, şahitlik yaparlarsa kurtarırsın.

— Tabii yaparlar.Nasıl yapmazlar amca?! Biz onlardaydık.

— Tekrar et bakim. Kaçta ayrıldın?

— On ikide komşudaydık. Onlardan saat iki civarı ayrıldık.

Görevli sevinmişti:

— Kızım bunu baştan söyleseydin ya. Adresi ver bakalım.

— Ben adresi bilmiyorum. Benim evin karşısındaki kahverengi perdeli ev.

— Ablanın adresi...

— Onu da bilmiyorum. Beni götürün ben göstereyim.

İşkenceci:

— Gidin önce komşudan öğrenin bakalım bu ifadeler doğru mu?

Bir saat sonra, komşuya giden polis memuru gelmişti.

— Sordum, kadın şahitliği kabul etmiyor efendim.

— Nasıl yani?

— Bana bir şey sormayın, diyor.

Gülsen şaşırmıştı.

— Ama neden böyle desin ki. O abdestinde namazında bir kadındır. Allah'tan korkan bir Müslüman bunu nasıl inkar eder?!

Memur fırsatını bulmuş konuşuyordu:

— Kızım sen her namaz kılanın Allah'tan korktuğuna mı inanıyorsun? Vah vah acırım sana. Her Müslüman doğru bir ayakkabı olsaydı, şimdi Müslümanlar dünyaya hakim olurdu.

— Nasıl olur! O abla çok iyi biridir. Beni böyle perişan durumda nasıl bırakır?! Bana nasıl acımaz?!

Tekrar yüksek sesle ağlamasını sürdürerek:

— Ey benim talihsiz başım! Oyy oy babam! Gel gör halimi babam!... Ben şimdi ne yapacağım!

Avcıların torbasına girmiş ceylan gibi hissediyordu kendini Gülsen, çırpınıyordu. Kocasına mı yansındı, kendisine mi ağlasındı, şaşırıyordu. Birden aklına geldi:

— Allah'a şükürler olsun babamla barıştık! Ya babam da olmasaydı?!

Bir babası vardı Gülsen'in. Ama Gülsen'in babası, dünyaya bedeldi.

Gülsen, komşu kadın nasıl olur da şahitlik yapmaz, bir türlü anlayamıyordu: "Nasıl yaparsın komşum?! Beni nasıl kurtarmazsın! Senin eline kaldım ya ablam! Nasıl, nasıl merhamet etmezsin. Ya beni de bağırtırlarsa?! Senin vicdanın hiç yok mu?!"

* * *

Evet, Gülsen'in komşusu, senin vicdanın ne oldu? Nasıl yapmadın yapman gereken şahitliği?! Bir insanı kurtaracaktı bir kelimen! Evet bir kelimen! Sana soracaklardı: Gülsen dün gece sana geldi mi, sen de: Evet, geldi, diyecektin! İşte bu cümle onu kurtaracaktı. Ama şimdi, birazdan neler olacağını okuyacaksın. Gülsen'in başına inen her yumrukta senin de günahın olacak. Bu dünyada helalleşmediğin taktirde öteki dünyada Gülsen'i karşında bulacaksın. Sen ve senin gibiler üzerine düşeni yapmamanın cezasını çekeceksiniz.

Şahitlik görevini yapmayan vicdansızlar veya korkaklar! Bakalım Allah'ın vereceği cezadan kurtulacak mısınız? Bunu ahirette göreceğiz. Orası bize fazla uzakta değil, biz gafletimizden uzakta sanıyoruz.

* * *

Polis memurunun elinde bir asker kıyafeti olduğu halde kapıda belirdi.

— Getirdim komiserim.

— Güzel, verin kıza giysin. Sonra da bütün kahveyi dolaşın. Kocasıyla konuşan, tanışan herkesi hesaba çekin.

Gülsen asker elbisesini giymiş, ayakta zor durduğu halde bekliyordu.

Komiser:

— Kocan kimlerle gezerdi. Bir bir göstereceksin.

Merdivenleri zoraki çıkıyordu Gülsen. Arabaya bindiğinde yorgun argın kendisini koltuğa bir çuval gibi, cansız bırakmıştı. Hemen de uykuya dalmıştı. Gecenin yorgunluğu ve girdiği işkence ortamı moralini, ruh âlemini allak bulluk etmişti.

* * *

Kahvenin önünden geçtiler. Sonra içeri girerek herkesi gözden geçirtiyorlardı.

(Şu hukuk devletine bakın. Gülsen korkmuş olsa da, kahvenin içinden gözüne kestirdiği bir insanı göstererek "şu adamdı" dese, o adam yanmış olacaktı.)

Gülsen, başına gelecekleri bildiği halde, vicdanı vardı. Suçu kimsenin üzerine atamıyordu.

Üç kahveyi dolaştıktan sonra asker sorar:

— Kimse yok mu?

— Hayır efendim. Kimseyi görmedim.

— İyi bak, kocana gelenlerden biri bu olabilir mi?

— Hayır. Ben hiç kimseyi tanımıyorum.

— Kızım aklını başına al. Burdan birini tanımazsan, bugün, yarın, belki bir hafta işkencede yanarsın!

— Ben ne yaptım ki yanacağım?! Benim günahım yokken bana nasıl işkence yapılır?! Adalet nerede kaldı?!

— Orasını bilmem.

— Abi, hazır evimin etrafına gelmişken kocamın ölüsünü göreyim. Sizin kanunlarınız buna izin vermiyor mu? Kefende göreyim, zararı yok.

— Ne yapacaksın. "Seni öldürdüm affet" deyip günah mı çıkartacaksın!

Gülsen şoktan kurtulmuş değildi. Şok üstüne şok yaşıyordu. Acı acı polis memurunun gözlerine bakarak cevap verdi:

— Böyle konuşma amca! Allah bunun hesabını bir gün mutlaka size sorar!

— Bedduamı ediyorsun?

— Hayır. Zaten bu kadar iftiraya karşılık benim bedduama ne gerek var?! Allah görüyor. Bunu size mutlaka sorar.

Görevli Gülsen'e eğilerek devam ediyordu:

— Peki Gülsenciğim. Mademki sen Allah'tan bu kadar korkuyordun, neden öldürttün adamı?

Beyni yerinden fırlamış gibi hissetti kendini.

— Yine aynı laflar mı? Siz insan değil misiniz? Ben yapmadım diyorum! Yapmayın, bırakın, ben o insanları hiç tanımıyorum bile! Sadece kocamla konuşurken birini görmüştüm hepsi bu kadar.

— Peki neden yaşını saklıyorsun? Kız sen on üç yaşında olur musun! Sen kocaman kadınsın be. Ben bunu yutar mıyım?! Biz bunu yutar mıyız!

— Yaşım büyük gösteriyorsa benim suçum ne?! Yakında on dördüme gireceğim...

Gülsen ne söylerse söylesin karar verilmişti. Katil olarak tanınıyordu. Kahveleri gezerken Gülsen kendisini bağlayanlardan birini görmüştü. Heyecanla bağırdı:

— İşte o adam! Evet, evet yüzünü çok iyi hatırlıyorum o adamdı!

Polisler hemen gösterilen adamı ve etrafındaki dört beş kişiyi toplayıp aynı yere getirmişlerdi. Yapılan sorgulamada, katillerden biri yakalanmış, öteki dört kişi, kahvede bulunmasından başka hiçbir suçu olmadığı halde kıyasıya işkence görmüşler, sonra da bırakılmışlardı.

Bir katil bulunmuştu ama yeterli değildi. Yakalanan katillerden biri ötekilerin ismini verdiği halde Gülsen'in yakasını bırakmıyordu Hukuk Devleti!

Gülsen tekrar işkence hücresine indirildi titriyordu.

— Otur şu sandalyeye. Bak sana suç ortağın Salim Bulut'un ifadesini dinletelim.

Gülsen kocasını öldürenlerden biri olan Bulut'un ifadesini dinliyordu. Bulut, yalansız anlatmıştı. Memur okumaya başladı:

"Bizim Salih'ten alacağımız vardı. Kaç gündür bizi ekiyordu. Dün gece almaya karar verdik. Beş altı arkadaştık. İkimiz gittik evine baktık yoklar. Bekledik, gecenin ikisi civarında geldiler. Evine girdik parayı istedik. Bize "Param yok, karımı alın." Deyince kendimizi kaybetmişiz. Biz, böyle namussuz bir teklifi kabul edemezdik!

Bu açıklamalar yetmiyordu. Gülsen'in gece nerde olduğunu ispat etmesi, bir şahid göstermesi gerekiyordu. İşkenceci memur hızla Gülsen'e bir tokat patlatır:

— Söyle, yoksa seni gebertirim.

Gülsen birden irkilir.

— Ne vuruyorsun be?! Ben senin babanın kızı mıyım!

Vah Gülsen'im vah!.. Sen onun babasının kızı olsan sana kıyabilir miydi?! Ya da arkanda birileri olsa.

Gülsen'in diklenmesi işkenceciyi sinirlendirmişti.

— Vay kaltak vay. Ulan senin. An.....

Namussuzlar kızdıklarının anasına küfrederlerdi.

Edilen küfürlerin en hafifiydi bu.

Sonra Gülsen'i dövmeye iki kişi gelmişti. Polis saçlarından tuttuğu gibi Gülsen'i yere çakmış, sonra da tekmelerle vurmaya başlamıştı.

Gözlerinden sicim gibi yaşlar akıtan Gülsen yerlerde yuvarlandırılırken yalvarıyordu:

— Vurmayın, ne olur vurmayın! Ben yapmadım! Sizin yavrunuz, evladınız yok mu! Ne olur merhamet edin!

— Sus ulan kahpe! Oynaşlarınla bir olup adamı gebertin şimdi masum rolleri yapma! Söyle ötekiler kimlerdi?!

— Vallahi...

— Sözünü bitirmeden öteki cani almıştı ele, saçlarından tutup Gülsen'i duvara vuruyor, sonra geri çekiyor, bir daha yapıştırıyordu.

— Ayyy! Allaaaah beni kurtaran yok mu?! Gözünü seveyim amca ne olur acı bana! Ben de ana kuzusuyum! Ne olur kıyma!.. Vurma, vurma ne olur!

"Yalvarma Gülsen'im... Allah'ın hidayetini almamış insana rastlamışsın. Onlarda merhamet hissi yoktur."

İkinci cellat ta yalvarıyordu:

— Bizi yorma Gülsen. Ben öldürdüm ya da öldürttüm, de. De de kurtul kızım. İnan yorgunum. Sana yalvaracak halim bile yok. Acı bana ne olur!

Birden hışımlanan cani:

— Seni öldürürüm, bizi oyalama! Allah gelse elimizden alamaz seni!

Dinsiz olmayan biri zaten bu lafı kullanamaz Gülsen'im. Sen çok büyük canilere çattın yavrum. Ben yaptım de kurtul. Sonra mahkemede "İşkenceden dolayı imza attım." dersin. Başka çaren yok. Adaletin olmadığı bir hukukla muhatapsın, hukuki olarak mutlaka senden bir belge alınması gerekiyor. Aksi halde seni harap ederler canım. Aklını da alabilirler.

İkinci cani, tekrar saçlarından tutup Gülsen'i yere çarpar.

Gülsen kaynar suya atılmış gibi irkilir:

— Oy! Yandım babaaa!...

— Senin babanın... Söyle ulan kahpe söyle öteki katiller kimlerdi?! Neden geberttin adamı?

— Ben yapmadım!... Vallahi benim haberim yok!

— Al sana al... Tut Faruk sana atıyorum.

Bir cani Gülsen'i ele alıp öteki caniye atıyor, o birkaç yumruk indirdikten sonra üçüncü caniye atıyor. Gülsen canilerin elinde top gibi geziyordu, ama top kadar değeri yoktu. Çünkü hem dayak hem de küfür yiyordu!

Saatlerce bu işkence devam etmişti. Gülsen tekrar kendisini kaybedince, dinlenmesi için merhamet edip (!) bırakmışlardı.

Hukuk devleti hukuk kurallarını çiğnememek, her şey kanunla olur demektir. Kanundışı bir şey olmaz. O kanunlarla insan ruhunu kaybettirirsen, insan kalmaz ve insan insanın yılanı olur. İşte sistem bunu yapmıştı. Merhamet ölüyordu.

Gülsen kendisine geldiğinde, on beş yirmi erkeğin üzerinde yattığını gördü. Garip bir şekilde ürperdi önce. Bunca erkeğin içinde ne işi vardı?! Alt alta üst üste insan yığını, en üstte Gülsen vardı. İşkence görmüş, karar veremiyordu Gülsen.

— Oy... Oy babam! Babam nerdesin!

Kendini yine kaybetmişti. Kendine geldikten sonra hıçkıra hıçkıra ağlıyordu.

— Allah'ım öleeem Allah'ım! Allah'ım canımı al.

Caniler tekrar gelmişlerdi.

— Biraz dinlendin mi kız! Hadi bakalım, karar vermişsen söyle, sen öldürttün değil mi?

— Öldürmedim. Haberim yok... Ne olur artık halim kalmadı, beni öldürün!

— Yok öyle yağma! Ölüp kurtulacaksın değil mi?! Yooo, biz ölmene izin vermeyiz! Burda, Allah, Peygamber, Azrail, her şey biziz! Kendini sen de öldüremezsin, çünkü intihar edebilecek hiç bir şey bırakmadık burda. Bizi bekletmeden söyle hadi bakalım kalk!

Bir yetkili, saçlarından tutarak hücre kapısına çarptı Gülsen'i. Üçüncü cani de gelmişti. Tekrar yerden yere vurmaya başlamışlardı.

Merhamet ölmüştü orada, insanlıksa çoktaaan terk etmişti buraları.

* * *

Durmuyordu işkence:

— Söyle! Söyle yoksa, bir tabur askeri çağırır sıraya koyarım... Seni...

Gülsen hıçkırıklarla cevap veriyordu:

— Asker, doğulu kardeşlerim onlar insan evladıdır. Doğulu kardeşlerim bana kötülük yapmaz... Allah, size bu yaptıklarınızın, bu sözlerinizin karşılığını versin! Sürünün inşaallah! Burnunuzdan kan gele gele sürünün, öyle can verin!

Gece yarısına kadar yine dinlenmeye almışlardı. Bu defa yıllar sonra işkencenin ikinci kısmını şöyle anlatacaktı Gülsen:

"İkinci posta gelenler de dövdüler, ama nasıl dövmek bunu anlatamam! O gece soğuktan titriyor, korkudan ne yapacağımı bilemiyordum! Bundan beter bir şey olabilir miydi acaba?! Ama, neler varmış bu dünyada meğer!..

Ertesi gün kendime geldiğimde kımıldayamıyordum. Sağımda solumda işkenceden pestili çıkmış erkekler var. Biraz ötede bir kadın. Onların da ayaklarının altı şişmişti. Basamıyorlardı. Ben de basamıyordum.

Bir ara düşündüm, acaba ben öldüm de şimdi cehennemde mi yaşıyorum?!.. Burası neresidir böyle?! İnsanlığın bu yüzünü hiç bilmediğimden perişandım. O halimi anlatamam, anlatılamaz. Yaşamayanın bunları anlaması mümkün değildir. O günleri, bana yapılanları hatırlayınca, ağlamaktan tıkanıyor, konuşamıyorum!

"Bana o gün de akla hayale gelmedik küfürler ettiler. Dövdüler, dövdüler, saatlerce, nöbetleşe dövdüler. Ben de bir candım. Artık dayanamayarak:

"Evet, ben öldürttüm! Verin neye imza atılacaksa atayım, dedim.

Görevli sevinmişti.

Canilerden birinin sesi hâlâ kulaklarımda:

"Oh be!.. İşte böyle.. bizi niye yoruyorsun? Sen de rahat et biz de!..

"Hayatımı söndüren imzayı atmıştım. Ben kiralık katil tutup kocamı öldürmüş oldum!

Çaresizdim! Bir umudum vardı. Polisin birisi yanıma gelmiş bana akıl vermişti;

"Bak kızım. İlk mahkemede, ablan sana şahitlik yaparsa hapis cezası almazsın. Hiç korkma göreceksin birinci mahkemede beraeat edeceksin, dedi.

Beraat etmek ne demekti bilmiyordum bile. Aklımda kalan, "Ablan ya da aileden birisi, o gece onlarda olduğunu söylerse kurtulursun." Deyişiydi. Umudum vardı. Babam beni kurtarırdı! Arsasını, evini satar beni kurtarırdı!

Üç gün işkence gördükten sonra, bir yere götürdüler beni. Masanın üzerinde "cinayet masası" yazıyordu.

Giderken bana tembih ettiler:

"Sakın "işkenceyle imzaladım, deme, seni yine geri getirir, bu defa derini yüzeriz!" dediler.

"Çok korkmuştum. Gittiğim yerde sordular:

"Bunu işkence zoruyla mı imzaladın?"

— "Hayır, ben öldürdüm onun için imzaladım."

Cezaevine gitmek benim için kurtuluştu. Seviniyordum. Zindan gibi bir yere gideceğimi sanıyordum ama yine de razıydım. Hemen yatacak, bir ay dinlenecektim. Zaten beni ilk mahkemede babam kurtarırdı! Ablam beni sevmese de bu durumuma göz yumamaz, bana şahidlik ederdi...

Umut bazen imdattır kişiye
Umutsuz olanlar hepten ölürler

İşte Gülsen cezaevinin kapısında. İçeri girmiş ve kayıt memurunun karşısına çıkmıştır.

— Adın soyadın?

— Gülsen Tekel.

— Suçun?

Rengi solmuş, dudakları şişmiş Gülsen zoraki cevap verir:

— Suçum yok ağabey, suçum yok!

— Suçun yoksa neden buradasın?! Seni camiden mi aldılar?! Haydi söyle!

— Cinayet işledin, diyorlar. Ama ben cinayet işlemedim!

— Tamam tamam! Zaten buraya her gelen masumdur! Kimse benim suçum var, demiyor ki!.. Herkes, ben haklıyım, diyor; haksız kim, bilemiyorum ki!..

— Bu romanın yazarı olarak artık dayanamıyorum, "Haksız kim? Bilemiyorum ki?" demişsin ya, bunu sana ben söyleyeyim memur bey. Suçlu haksız ve bu bozuk düzendir. Ama sana bunu göstermiyorlar, sen de göremiyorsun. Dilerim bir gün anlarsın ve görecek duruma gelirsin.—

* * *

Gülsen kadınlar koğuşuna getiriliyor.

Yanına verilen memurla beraber bölme kapısına gelirler.

Gardiyan Zeynep Hanım karşılar onları.

Gardiyan Zeynep, esmer, orta boylu biriydi. Alışkın olduğu için sorusunu normal bir şeymiş gibi sordu:

— Gel bakalım, suçun ne?

— Suçsuzum!

— Söyle söyle, o sözleri geç!

Gülsen kimseye inandıramayacağını biliyordu artık.

— Cinayet, dedi.

Gülsen'in üstü aranıp kadınlar koğuşunun alt katına kondu. Buradaki herkes hemen Gülsen'in başına toplandı.

— Geçmiş olsun.

— Hoş geldin.

— Suçun ne kız?

— Kaç yaşındasın?

— Nerelisin?

— Kaç gün işkence gördün?

— Dostunu mu geberttin? İyi yapmışsın, aferin!

— Parasını bari alsaydın!

Gülsen hepsini ayrı ayrı duyamıyordu... Sesler uğultu gibi giriyordu beynine. Kalabalık koğuşun içinde, bir mahkûm kadın çağırır Gülsen'i:

— Gel kardeşim, benim yemek arkadaşım ol! Beraber yer içeriz. Seni üzen olursa aldırma!

— Benim hiç param yok ki! Ama babam duyunca bana para gönderir!..

— Olsun be kızım, insanlık sadece para mıdır?!.. Gel, benim ranzam şurası.

Gülsen ağlıyordu.

— Ağlama kardeşim! Zamanla alışırsın...

— Nasıl ağlamayayım, bu genç yaşta adım katile çıktı. Daha önce de sokak kızı dediler! Ben ağlamayayım da kim ağlasın! Benim gibi çilesi olan bir kul var mıdır?! Elimde değil abla. Üç gündür gördüğüm işkenceyi bir bilsen, ah bir bilsen ablam!.. Sana nasıl anlatayım, bilemiyorum!.. Anlatılamaz ablam!.. Çektiklerim anlatılamaz, ancak yaşayan bilir!..

— Neyse, anlatırsın, daha önümüzde yıllar var...

Ranzanın bir kenarında bitkin halde oturan Gülsen cevap verdi:

— Yok abla. Ben yarın çıkarım. Beni babam gelip alır. Mahkum kadın acı bir kahkahayla cevap verdi:

— Ah gariban zavallı kardeşim! Senin arkanda bir para babası veya milletvekili, üst makamda müdür gibi biri yoksa, buradan yarını bırak, aylarca, yıllarca çıkman mümkün değil!..

— Olur mu abla, benim suçum yok ki!.. İlk mahkemede ablamgil şahitlik yapınca çıkarım…

— Sen şaşkınlık geçiriyorsun galiba?!

— Evet, çok şaşkınım. Her konuda şaşkınım. En hafif şaşkınlığım cezaevini karanlık sanıyordum. Siz gökyüzünü görüyorsunuz!

— Evet, görüyoruz ama bak, dört köşeli görüyoruz! Gökyüzü sınırsız gibi görünmez mi? Bak şu duvarlara…

— Bu duvarlar neden bu kadar büyük?

— Mahkum kaçmasın diye.

Kadın ayağa kalkar.

— Sahi, sana kahvaltı hazırlayayım. Sen bir güzel dinlen. Korkma alışırsın… Zaten seni biraz dinlenmiş gördüm. Üç gün işkence gören böyle konuşmaya hal bulamaz. Sen oldukça iyisin.

— Son çıktığımız yerde, işkence gördüğüm anlaşılmasın diye bana çok iyi bakıp dinlendirdiler… Yemek yedirdiler. Meyve suları içirdiler. Yine de ayakta duracak halim yok… Bana bir yer göster de yatayım abla.

— Sen önce elini yüzünü yıka, istersen banyo yap.

— Su var mı?

— Bazen akıyor.

— Öyleyse bana yardım et abla. Kafam kan içinde.

Gülsen şaşkın şaşkın bakınırken, kulağı duymayan yaşlı bir kadın mahkum gelir, Gülsen'e seslenir:

— Kızım senin suçun ne?

— Bilmiyorum teyze, bana bir şey sormayın.

Kadın ne anlamışsa, kendine göre cevap veriyordu:

— İyi iyi kızım. Korkma bu da geçer. Deler de geçer ama geçer kızım. Kimin kimsen var mı?

— Var teyze. Anam var, babam var.

— Vah vah. Demek anan baban öldü ha!..

— Yok teyze yaşıyor.

— Allah sana uzun ömür versin yavrum.

— Teyze yanlış anladın.

— Ben mi? Benim suçum eroin satmak. Ama ben satmadım. Oğlumla gelinim satarmış. Benim üstüme attılar. "Sen yaşlısın, cezaevinde yatsan ne olur." dediler. Çok ağladım ama olmadı. "Zaten ölmene az kaldı." dediler. "Cezaevinde ölsen ne çıkar." dediler. Ama oğlum geçen sene öldü. Ne yalan söyleyeyim kızım, çok fazla üzülmedim. Ama kendime kızdım. Demek iyi evlat yetiştirememişim ki, böyle hain çıktı! Ektiğimi biçtim. Ben eroinin ne olduğunu da bilmem. Biraz kafayı bozmuştum ama şimdi iyiyim gayrı…

Gülsen kadınla konuşurken uyumuştu.

İyilik yapan mahkum kadın, Gülsen'in üzerini örtüp ona acıyarak baktı. Akşam saat onda gözlerini açtığında, bir rüya gördüğünü düşünerek, üstündeki ranzanın altında bulunan tahtalara bakıyordu.

"Acaba ben rüyada mıyım, yoksa çıldırdım mı?"

Gülsen kendisini tahlil ediyordu:

"Bunlar ellerim... Parmaklarım... Adım Gülsen... Kelkitliyim... Ankara'ya gitmiştik. Gençlik Parkı... Şoför... İstanbul... Salih... Fabrika... Yazıhanede sekreterlik işine başlamıştım... Babam... Ve o gece..."

Birden yine başı dönen Gülsen, baygınlık geçirerek kendisini kaybeder, ama kimseler anlayamaz bunu. Bir saate yakın öyle kalır.

Tekrar kendine geldiğinde, mahkumlar gazinosundadır sanki... Kimi oynuyor, kimi çalıyor, kimi de şarkı söylemektedir.

Hayret ettiği bu manzaraya Gülsen sadece bakakalmıştı.

Gülsen'e göre dünyanın sonu geldiği halde, bunlar neden, nasıl gülebilirlerdi?! Bunu bir türlü anlayamıyordu.

Mahkumlardan biri Gülsen'in şaşkın şaşkın baktığını görünce seslenmeyi ihmal etmedi:

— Heyy, ağlayan kız! Gel bakalım, sen de bize katıl... Boş vermezsen bu anasına yandığım dünyada yaşanmaz.

Bir başka mahkum kadın:

— Dur canım kız daha kendine gelemedi. Zamanla o da bizim gibi olur. Bizi de geçer üstelik...

"Gülsen, ben bir daha gülebilir miyim ki sizi geçeyim." diye düşündü. Sonra birden kendisine kol—kanat geren kadının ismini bile bilmediğini fark etti.

— Sahi, abla senin ismin ne?

— İkramiye Coşkun.

— Senin gibi iyi insan ne suç işlemiş olur ki! Herhalde sen de benim gibisin; suçsuzsun değil mi abla?

— Hem evet, hem hayır...

— Anlamadım...

— Ben kocamı öldürdüm.

— Hiii! Nasıl yani; sen katil misin?!

— Hayır, aslen ben katil değilim. Beni bu cinayeti işlemeye sebep olanlar katil!

Gülsen, "Bir insan, hele de bir kadın nasıl adam öldürebilir? düşüncesiyle sordu:

— Nasıl oldu? Anlatsana be abla. Sen hiç adam öldürecek birine benzemiyorsun!..

Gülsen, bu soruyu sorarken, bir taraftan da katil bir kadın görmenin hayretini ve korkusunu yaşıyordu.

Gülsen'i oyalamak isteyen kadın anlatmaya başladı:

— Benim iki kardeşim vardı. Bana muhtaçlardı. Ellerinden tutmam gerekiyordu. Kardeş kardeşe ne zaman lazım? Birbirine muhtaç olduğu zaman elbet... Kardeşlerim benim yanıma geldiler. Biri on dokuz, öbürü yirmi iki yaşındaydı. Benim yanımda kalacaklardı. Sonra işleri güçleri yoluna girince bizden ayrılacaklardı. Kocam evimizde kalmalarına izin vermedi. Çok yalvardım. Bu çocukların elinden biz tutmazsak, bu çocukları eller ele geçirir, dedim. Ondan sonra feryat ederiz, kardeşimiz, evladımız anarşist oldu, ya da kötü yola düştü, diye.

Kardeşlerim benim evimden kovuldular. Daha doğrusu, benim zannettiğim evle benim bir ilgim yokmuş!.. Benim olsaydı, benim kardeşlerim evimde kalabilirdi; kardeşlerim kabul edilmediğine göre orası benim evim değilmiş...

Kardeşlerim, karşımızdaki inşaatın bir köşesinde o gece bir tüple ısınmağa çalışırken zehirlenerek öldüler! Bu bana çok ağır geldi. Kocama: "Sen onları kabul etseydin onlar ölmeyecekti." dedim. Ve o bunalımla kocamı öldürdüm...

Gülsen onu hayretler içinde dinleyedursun, bilirkişiler İkramiye'ye söyleniyorlardı:

"Keşke ölümüne sebep sen olmasaydın kardeşim, o iki kez ölecekti, vicdan azabı onu kemirirdi. Gerçi bu da yanlış, sen onu öldürmeseydin de o aynı gün başka şeyden ölecek, yinede vicdan azabı çekecek zaman bulamayacaktı. Fakat daha kötüsü onu öteki tarafta yakalayacaktı nasıl olsa, intikamını oraya bıraksaydın keşke!"

Ertesi gece hâlâ şoku atlatamayan Gülsen, donuk bakışlarla etrafı süzerken, ağlayan bir kadın mahkûma gözü takılır. Ürkek ve bitkin olarak onun yanına yaklaşır.

— Abla, herkes oynuyor sen ağlıyorsun... Neden ağlıyorsun? İçime ateşin düştü, sormadan edemedim.

Orta yaşlı kadın, yeni gelen mahkûma şöyle bir baktıktan sonra derin ve hüzünlü cevap verdi:

— Ağlamak asıl benim hakkımdır kızım! Ben ağlamayayım da kimler ağlasın?..

— Ben de aynı sözleri söyledim durdum... Doğrusu merak ettim. Ayakta duracak halim yok ama yine de dinlemek istiyorum.

— Otur, otur içli kıza benziyorsun, biraz dertleşelim.

Gülsen ranzaya baktıktan sonra:

— Bu ranzanın sahibi kızar mı acaba? diye sordu.

— Yok be kızım, neden kızsın!? Gerçi Naciye'nin sağı solu pek belli olmaz, ama yine de sen otur. Burası cezaevi, birbirimizin ranzasına oturmayacağız da ne yapacağız?

Gülsen ürkekliğini devam ettirerek oturdu:

— Çok üzüldüm, sizin üzgün halinizi görünce kendi derdimi unuttum. Neyiniz var.

— Neyim yok ki evladım!?

Sonra da anlatmaya başladı:

— Benim küçük bir gecekondum vardı. Ellerimle yoğurdum harcını. Kapı komşumuzla atıştık. Kocamı öldürecekti, bıçakla üzerine yürüdü. Ben de onu görünce kocaman bir taş alıp kafasına indirdim. Adam öldü. Mahkemem devam ediyor. Kocam, çocuklarım perişan kaldılar, diye gözyaşı döküyordum. Burdan bir kadın arkadaşın tahliye günü geldi. Bir mektup yazdırıp tahliye olacak kadına. "Bir zahmet bunu kocama ver." dedim. "Olur." dedi. Çıktı. O gece benim evime gitmiş. Kocama: "Karın, cezaevinde gardiyanlarla kırıştırıyor!" demiş. Aptal kocam da buna hemen inanmış. O gece beraber olmuşlar. İki haftadır da kocam ziyaretime gelmiyordu. Bu gün gelip: "Senden boşanmak istiyorum." dedi.

"Bu da yapılır mı a benim güzel kızım! Ben namusum için adam vururum!.."

Konuşmasını birden hızlandırarak sürdürdü:

— Ama kararlıyım, buradan çıkınca ilk işim onu gebertmek olacak! Hani kadının saçı uzun aklı kısaydı da, erkeğin saçı kısa aklı uzundu! O uzun akıllıysa kısa akıllının oyununa nasıl geldi?! Soracağım.

Zavallı kadın, o sözün bir Hıristiyan'a ait olduğunu nerden bilebilirdi ki?! Zaten, artık erkeklerin saçı kısa da değil, kadınların da uzun değil. Akıllarsa her tarafta dağınık halde duruyordu. Zira kimde akıl olursa olsun, hiç biri işe yaramamış ki, ortalık bu hâle gelmişti...

Gülsen, bu kadar haksızlık nasıl yapılır, diye düşünürken birden kendi durumu aklına geldi. Haksızlık, insanı dili dönmez, dizi tutmaz hâle getiriyordu.

Bu arada ranza sahibi gelmişti. İlk iş olarak hiddet ve hırçınlıkla sormayı ihmal etmedi:

— Sen benim ranzama ne hakla çıkarsın ha?!.. Senin ağzını tutarsam cart diye ayırırım!

Gülsen sadece bakyordu. Donmuş ruhu, hep hakaretli sözler duymaktan dört beş gündür bir hal olmuştu.

Naciye, Gülsen'in şaşkın şaşkın baktığını görünce hırsla bağırmayı sürdürdü:

— Ne bakıyorsun kız?! Aptal aptal bakıp beni mi korkutacaksın?!..

— Hayır abla! İnsanlık burada da ölmüş diye baktım. Bilmiyordum... dört gün öncesine kadar insanlığın öldüğünü bilmiyordum!..

Naciye biraz mahcup olmuştu:

— Seni çok kırdım galiba!

Yine Gülsen'in gözyaşları veriyordu asıl cevabı. Yaşlı gözlerle Naciye'nin gözlerine bakarak konuştu:

— Sen değil, senden önce kıranlar zaten bitirdi işimi.

Orta yaşlı kadın:

— Beterin beteri vardır! Ne yapalım kardeşim, sabır. Allah dinden imandan ayırmasın...

Gülsen hıçkırıklar içinde boğuluyordu:

— Bundan daha beteri olur mu ablalar, olur mu?!

— Olur, kızım olur. Öyle beterleri vardır ki, bu acı günlerin sana bayram gelir!..

— Naciye o hışım dolu halini bırakmış, akmaması için zorladığı gözyaşlarını paylayıp kovalarcasına bağırdı.

— Benim Allah belamı versin! Ben eşeğim eşek! Benim gibi adiler bu dünyada yaşamasa ne güzel olur. Ne o be, bir ranza için insanı kırmaya değer mi?! Beni affet, ne olur! Özür diliyorum!

İki mahkûm acılarını paylaşmışlardı. Birbirlerini çok iyi anladıklarından kucaklaşarak ağlaşmağa başladılar...

* * *

Gülsen İkramiye'nin yanına döndüğünde hâlâ kirpikleri ıslaktı.

İkramiye sordu:

— Ne oldu Gülsen?

— Hiiç, biraz gezip dolaştım. Yarın çıkarsam merakımda kalmasın dedim, şu ranzada oturup ağlayan ablaya gittim.

İkramiye, Gülsen'in bu saflığına çok üzülüyordu. Birden çıkıştı:

— Şu "Yarını" aklından çıkar kızım. Seni yarın kimse çıkaramaz buradan.

Gülsen: "Nasıl çıkmam, neden çıkmayayım?!" diye geçirdi içinden.

Konular hep aynı alanda dönüyordu. Gülsen daha sonra başka birine rica ediyordu:

— Bana, bu kadar kadın nasıl bir araya toplandı, onu anlatır mısın? Bunlar ne suç işlemişler?

— Anlatayım, bak şu kadın çocuk katili. Şurdaki, şu üst ranzada oturan kocasını öldürmüş. Şurda da "Seni alacağım." dediği halde almayan aşığını gebertmiş. Şu da ağabeyini öldürmüş. Şurdaki de dayısını malum sebepten öldürmüş.

— Hangi malum sebep, abla?

— Tecavüz.

Gülsen tüyler ürperten tanıtımları dinlemeye devam ediyordu.

— Bak, şurdaki kahpe de, kumasını öldürmüş. Hem karının üzerine gitmiş, hem de onu öldürmüş!

Bunları dinledikten sonra, Gülsen korku içindeydi.

— Bu çocuk katilleri beni de öldürürlerse!

Korkudan titriyordu. Ölmekten değil, "Adım temize çıkmadan ölürsem" diye korkuyordu.

Bu endişeyle cezaevinde ikinci gece, uykusuna dalmıştı. Fakat yorgan kısa geldiği için üşüyor, ayaklarını toplayarak uyuyordu. Donuyordu. Ama bu duruma alışmaya gayret ediyordu.

Kâbus görerek uyumaya çalışıyor, uykusunda: "Ben öldürmedim diye bağırıyor, sonra da ranzaya oturup hıçkırıklar içinde ağlıyordu.

Beterin beteri var mıydı? O da ertesi gün belli olacaktı. Her şeyden habersiz, sonuçta uyumuştu Gülsen.

Rüyasında babasını görüyordu. Ak sakallı babası ağlayarak soruyordu;

— Oğul oğul sana kıydılar mı oğul?! İncittiler mi seni? O nazik tenine ben bir kez vurmadım yavrum, o tene copla mı vurdular?! Yavrum, minik kızım! Nasıl kıydılar sana?!

Gülsen kollarını açarak babasına sarılıyor,

— Babaaam! Kurtar beni babam! Senden başka benim kimsem yok babam!..

Ağlaşarak birbirlerine sarılıyorlar. Babası birden kızını omuzlarından tutuyor. Yaşlı gözleriyle yavru ceylanına bakarak soruyor, yine soruyordu:

— Oğul, nerene vurdular?

— Her yanıma baba! Eller öldürdü, ben çektim cezasın. Her yanıma vurdular! Ayaklarımın altı şişti babam!

Yavruuum, ciğerim benim!..

Rüyadan uyandığında gecenin yarısı olmuştu.

Ranzaya oturup sessiz sessiz ağlamaya başladı. Sesini kısıyordu ama kendini tutamıyor, sesi yine dışarı çıkıyordu. Mahkûmlardan psikopat Mero duymuştu onu. Usulca yatağından kalkıp Gülsen'in yanına geldi.

— Neden ağlıyorsun kardeş?

— Babamı gördüm rüyamda. Benim için ağlıyordu!

Derin bir iç geçiren Mero cevap verdi:

— Ağlar kardeşim ağlar. İlk zamanlar hep rüyalarında senin için ağlandığını görürsün. Sonra unutulur gidersin. Rüyalarında bile senin için ağlayanlar bulamazsın!

— Yanlışsın abla. Benim babam beni unutmaz.

Usulca söylenir Mero:

Umut, senin varlığın ne güzel.

Yokluğun ise ölü bir el.

* * *

Ertesi gün bir mahkum Gülsen'i uyandırıyordu:

— Kız, kalk bakayım! Bu gazetedeki kız sen değil misin?

Gülsen gözlerini oğuştura oğuştura yattığı yerden cevap verdi:

— Ne gazetesi?

— Ne gazetesi olacak; nah işte, bak! Bu gazetede sen varsın!

Gülsen birden yattığı yerden doğruldu:

— Beni mi yazmış?

— Evet.

— Hay Allah razı olsun! Benim masum olduğumu duymuşlar mı?

Gazeteyi getiren mahkum sinirlenerek gazeteyi Gülsen'e fırlatır ve söylenerek oradan uzaklaşırken de ekler:

— MÜPTEZEL, bir de masum rolü yapıyorsun!..

Gülsen şaşkın şaşkın yüzüne fırlatılıp kucağına düşen gazeteyi alıp, baktı. Heyecandan haberi göremiyordu. Birden bire fark etti kendi haberini:

"Yedi aşığıyla bir olup kocasını öldürten Gülsen Tekel" diyordu...

Gülsen uyuşmuştu. Dili tutulmuş, gözleri sadece bir noktaya bakıyordu. Onun bu halini fark edenler telaş içinde yanına koşmuşlar, çeşitli teselliler veriyorlardı:

— Gazetelere aldırma kardeş!

— Bu da geçer!..

Kimi de farklı düşünüyordu:

— Yapmasaydı yazmazlardı!

— Bana da böyle yaptılar, aldırma kardeş! Mahkemeye verirsin.

Gülsen bunları duyuyor muydu acaba? Kendini kaybeden Gülsen, birden, koğuşu çınlatırcasına haykırmaya başladı:

— Öleeem, ölem Allah'ım! Ben yaşamak istemiyorum ölem!.. Ölem!..

Olduğu yere yığılmıştı. Sürekli bayılıp ayılıyor, ayıldıkça:

— Beni öldüren yok mu! Allah aşkına beni öldürün. Ben bunlara dayanamam! Ben bunları hazmedemem... Ben artık bu dünyada yaşayamam!.. diye çırpınıyordu.

Birden kararını vermişti Gülsen: İntihar edecekti!..

O gün akşama kadar, nasıl intihar edeceğini araştırıyor, kulaklarını da, hoparlörü dinlemekten alıkoyamıyordu. Kapıdan çağırılmayı bekliyordu.

Yemeden, içmeden yatıyordu Gülsen

Bir kadın mahkûm geldi yanına.

— Al bir sigara yak kız!

— Ben sigara içmem...

— İç, iç. Derdine iyi gelir...

Gülsen şuursuzca kaptı sigarayı. Öksüre öksüre içtikten sonra sordu:

— Hani abla, benim derdimin acısı aynı şekilde duruyor?!..

— Senin acına sigara neylesin kardeş!..

Gülsen geçmişe gitmişti... Neydi o günler, sigara içen kadını iyi gözle görmezdi...

İç sesler yorumluyordu bu anı.

—Bir kişiye ilk defa suçu işleten kimse, o kişi aynı suçu her işleyişte, günahına ortaktır. Ben de sigaranın faydası olduğuna inanırdım. Ama hiçbir faydası yokmuş. Ona sigara ikram etmekle ne kazandın kardeş?..

Sonradan Gülsen sigara tiryakisi olup çıkmıştı. Çocuktu, sigara onu teselli eder sanıyordu. Sigaranın faydası olsa, kendisini yakmazdı, ciğerine kurum bağlatmazdı. Sigara içen hangi insanın, ciğeri soba borusu gibi kurum sarmış değildir?

* * *

Gülsen, gazetenin devamını okuyamamıştı. Kendisinde ne zaman o gücü bulursa o zaman okuyacaktı.

Düne oranla, bu günü çok bedbaht geçen Gülsen, "Dünkü günümün beteri varmış, acaba bu gün yediğim bu iftiranın da beteri var mıdır?" diye düşünüyordu. Artık gözünden yaş değil, âdeta kan akıyordu. Gözleri kan çanağı içinde gömülü gibi duruyor, görenler, "aldırma bu da geçer." diyordu. Fakat her insan aynı düşünmüyordu.

Akşama doğru Zehra geldi Gülsen'in yanına:

— Kız, demek yedi âşığın vardı?! Kocan da koca değilmiş, o da âşığınmış! Böylece sekiz âşık eder! Bunları sen nasıl idare ettin?!

Gülsen cevap veremiyordu.

Fatma atıldı ortaya:

— Kızı rahat bırakın! Zaten şok geçiriyor!..

— Geçirir tabii. Sekiz kişiyi idare ettiği ortaya çıktı!.. Böyle azmış karıları neden asıp toplumu temizlemiyorlar, bilmiyorum!..

Fatma sinirlenmişti:

— Terbiyesizlik etme!

— Asıl terbiyesiz o! Kaç kişinin canını yakmış!

— O mu! Nerden bildin!

— İşte kızım gazeteler…

— O gazeteler senin hakkında da, çocuğunu öldüren kadın, diyor!..

— Ama benim haberim yalandı.

— Kendine gelince yalan olur!.. Senin için yalan yazanlar, eller için hep doğru mu yazıyor?!.. Ayıp ayıp!.. Allah'tan korkun! Kızın alnına böyle yazılmış!..

Gülsen bu sözü duymuştu. Birden kefenden kalkan ölü gibi, solmuş rengi ile kalkıp oturdu, sonra da şaşkın şaşkın sordu:

— Kim yazmış?

— Aaa kim yazar, kader.

— Ne?! Kader mi?..

— Tabii ki kader! Sen kadere inanmıyor musun?

Gülsen mırıldanarak cevap verdi:

— Tabii ki inanırım.

— İşte o kader.

— Kırk yıllık müftü gibi döktürüyordu kadın. Din adına söylemedik saçmalıkları kalmıyordu. Ama önce doğruyu söyledikten sonra saçmalıklara geçtiği için yanlışını anlayamıyordu cahil olanlar.

— Bilmiyorsun kadere inanmak imanın şartıdır: "Amentü billahi ve melaiketihi ve kütübihi ve Rasulihi vel yevmil ahiri ve bil kaderi, hayrihi ve şerrihi minallahi Teâlâ vel ba'su ba'del mevt. Eşhedü ellâilahe illallah ve eşhedü enne muhammeden abdühü ve Rasulüh..." Hıristiyanlar gibi peygambere ilah demeyelim diye, Allah Peygamberimizin bir kul olduğunu "abdühü" derken bize söylüyor. Allah'ın kulu ve Rasulüdür diyor. Hayır da şer de Allah'ın kalemiyle nah şuracığa yazılır.

Ben on yıldır mevlit okurum. Binlerce insana bunları anlatmış bir mevlithanım...

Korkunç fetvalar devam ediyor:

— Kader kızım kader. Kaderin önüne kim geçebilir? Allah izin vermese kim ne yapabilir?!

Bu sözler doğruydu ama yanlış yerde kullanılıyordu.

Gülsen donuk bakışlarını mevlithana çevirip sordu:

— Bu kaderi kim yazıyor?

— Tabi ki Allah.

— Yani, benim şu çektiklerim Allah'tan mı?

— Tabii...

— O zaman iftira edenlerin suçu—günahı yok?!

— Olmaz mı, var canım. İftira etmek haramdır!

— O halde: Allah yazdıysa onlar masum!..

İşin içinden çıkamayan mevlithan, bilinçli mevlithanlar gibi doğruyu bilmediğinden yanlışa evet diyordu.

— Allah'ın her işine akıl ermez! Oraları karıştırmayacaksın...

Yarım doktor can yakar, yarım hoca din yıkarmış, gerçek kendini gösteriyordu. Bu yarım hoca da Gülsen'deki dini yıkıyordu.

Gülsen birden bire isyana başladı:

— Ben, bana iftira edene inanmam! Allah kimseye iftira edin demez!..

Bu defa başka bir kadın mahkûm, Güneş gazetesi getirmişti.

— Bakın bu gazete de aynı şeyleri yazıyor!..

— Yalan olsa ikisi de aynı şeyleri yazar mıydı?!

Gülsen'in dünyası iyice kararmıştı. Gülsen'e göre artık güneş hiç doğmayacaktı... Zaten böylesine rezil dünyaya doğmaya utanırdı...

Gülsen, şaşkın ve perişan halde yaşıyordu.

Koğuş nemli ve uzun bir salonun ranzalarla doldurulmuş haliydi.

Posta, yemek, avukat görüşü, ziyaretçi, ziyaretçisi gelmeyenlerin ağlaması, parası gelenler, parası gelmeyenin sızlanması, mahkemeden beraat kararı alanların sevinç çığlığı, ceza alanların isyan edip gözyaşı döktüğü acâyip bir âlemdi burası.

* * *

Cezaevinin dışarısında başka şeyler oluyordu:

Gazetede kızlarının yedi sevgilisi olduğunu öğrenen anne—babası ve akrabaları için artık Gülsen diye biri yoktu. Aile perişan olmuştu. Artık sokağa çıkamıyor, yedi âşıklı kızın ailesi olmaktan dolayı kimsenin yüzüne bakamıyorlardı.

Gülsen'in babasıydı en çok gözyaşı döken. "Nasıl yaptın oğul!.." diyor, başka bir şey demiyordu.

Artık Gülsen'i herkes reddetmişti. Ama Gülsen'in henüz bu redden haberi yoktu. Merak içinde, koğuş arkadaşlarından Zehra ile konuşuyordu:

— Allah Allah, âilemden neden kimse gelmiyor?!

— Gazetenin haberine inanmışlardır.

— Yok canım, neden inansınlar?! Böyle vahşi bir habere kim inanır!.. Ben onların evlatlarıyım.

Zehra Bekçi cevap verdi:

— İnanırlar evladım, inanırlar. İnanmasaydı benim kocam inanmazdı yalan habere. Beni geçen ay boşadı. Yedi yıl birbirimize yandık da öyle evlendik biz... Ama gözünü kırpmadan gazete haberine inandı!..

Gülsen ne diyeceğini bilmez halde etrafına bakıyordu:

— Ya ablam şahitlik yapmazsa?.. Yoo, akrabalarım bu kadar câni ruhlu olamaz ki!..

Bilmiyordu ki, basında çıkan yalan haber kaç yuva yıkmış, kimleri ağlatmamıştı. Akrabaları da gazete haberine inanmıştı. Kimi de inanmak istediği için bahanesini bulmuştu. Ama Gülsen'in anası, babası, abla—ağabey ve akrabaları gerçekten inanmışlardı gazete haberine. Dünya onlar için zindan olmuştu! Bir tanıdıkla karşılaştıkça, yüzüne bakamıyorlardı...

Gülsen artık ölmek isteyen bir hastadır. Devamlı yatmaktadır. Henüz âilesinin gazete haberine inandığından habersizdir.

Gülsen bütün bunlara ilaveten gardiyan onu bölme kapısına çağırır.

— Gülsen Tekel, beş gün sonra mahkemeye hazırlan. İlk mahkemen başlıyor.

Gardiyana bitkin bitkin bakan Gülsen sordu:

— Ne demek bu! İkinci mahkemem de mi var?! Ben zaten ilk mahkemede çıkarım...

İkramiye üzülerek araya girdi:

— Gülsen, burası Türkiye'dir kızım, Türkiye! Aklını başına al!

Mahkemeleri çok iyi tanıyan mahkûmlar birbirlerine bakıyorlardı. Çok geçmeden avukat Gülten Hanım, Gülsen'i çağırtmıştı.

Görüş bölümüne çıkarılan Gülsen, masanın bir ucunda avukat, bir uçunda kendisi oturup konuşmaya başladılar.

Avukat, Gülsen'in durumuna çok üzülüyordu:

— Bak kızım, dosyanı inceledim. Komşun şahitlik yapsaymış kurtulacakmışsın. Mahkeme gününe kadar ablanı da bulacağım. Seni ilk mahkemede çıkarmam için yirmi bin lira lazım. Sen yirmi bin lirayı bul. Seni çıkaracağım, bana inan.

Gülsen'in gözleri yerinden fırlayacakmış gibi açılmıştı.

— Aman abla bu ne demek! Ben o kadar parayı nerden bulayım! Babacığım duysa ne halde olduğumu, tarlasını satar yine verir ama benim kuruşum yok!

Gözleri ağlamaklı devam etti:

— Ellerin eline bakıyorum abla! Kantin geliyor, canım neler istiyor ama alamıyorum! Ben yirmi bin lirayı nerden bulayım! Hem neden yirmi bin lira verelim abla, ben beş gün sonra zaten çıkacağım?!..

Avukat Gülten hanımın gözleri dolmuştu:

— Vah yavrucak vah!.. Sana çok üzülüyorum, ama elimden bir şey gelmiyor!..

Gülsen birden heyecanla atıldı:

— Abla! Devlet baba diyorlar hep... devlet babadan istesek benim için yirmi bin lira vermez mi?!

Gülten Hanım dalgın bir halde mırıldandı:

— Vermez!

— Neden? Parası mı yok?

Gözlerinden yaşlar akan avukat Gülten Hanım zoraki konuştu:

— Vermez, dedim. Tuhaf sorular sorma kızım. Bu parayı isteyen zaten o!..

— Öyleyse ona neden baba diyorlar?! Mademki babamızmış, elimizden tutacağına...

Gözlerinde sicim gibi yaşlarla, hıçkırığa boğulan Gülsen, birkaç dakika sonra daha acı konuşuyordu:

— Abla be! Neden benim elimden kimse tutmuyor! Ben acaba çok kötü bir insan mıyım!

— Yok yavrum sen değil, bu dünya kötü. Allah kahretsin böyle dünyayı!

* * *

Gülsen koğuşa döner dönmez içerdekilerin soru yağmuruyla karşılaştı:

— Çantalı soyguncular mı geldi sana?!

— Hayır, avukattı.

— Solucan gibi yapıştı değil mi?! Zehir yesinler! Bizim derdimiz bize yetmiyormuş gibi, bir de çilemizden para istiyorlar! Onlar çantalı, kravatlı soyguncu değil de kim soyguncu!

— Hayır, benim avukat ablam onlardan değil. Sadece yirmi bin lira istedi. Hemen çıkaracakmış.

— Bu kadar az istediğine göre sen iyi avukatlardan birine çatmışsın...

Gülsen cevap vermeden ranzasına uzandı. Canı sigara istiyordu. Ama her zaman başkasından istemeyi gururuna yediremiyordu. Birden gözü, Selma'nın attığı izmarite takıldı. Daha kocaman payı vardı. Hemen onu alıp içmeye başladı. O günden sonra sigara ikram eden olmadığı zaman izmarit topluyordu. "Hastalık bulaşır" diye bir bilgiden haberi bile yoktu.

* * *

Parasızlık da feci vurmuştu Gülsen'i

Böyle devam edemezdi. Temizlik yapacaktı. Ayağına yün çorap, cezaevinin betonunun soğuğunu çekmeyecek bir de terlik alacaktı.

Koğuş başkanı Emine Sema'dan kendisini koğuş temizlikcisi yapmasını rica etti. Emine de kocasını öldürme iftirası yediği için Gülsen'i anlayabiliyordu. Kabuletmişti Gülsen'in teklifini.

Gülsen elinde süpürge koğuşu süpürürken, içli içli türkü çağırıyordu alçak sesle:

"Dağlar seni delik delik ederim

Kalbur alır toprağını elerim, aman aman

Aman aman dumanlı dağlar."

Arada bir kendi kendine konuşuyordu:

"Sen nerde kaldın babam?! Neden hâlâ gelmedin?! Gazetelere mi inandın babam?! Senin kızın öyle şeyler yapar mı babam?! Sen nerde kaldın biricik babam?!"

Bu arada kadın satıcısı Naciye çağırdı Gülsen'i:

— Gel kız! Temizlikçimiz sen misin?

Gülsen temizlikçi sözüne çok bozulmuştu. Onuru kırılmıştı. Belli etmeden cevap verdi:

— Evet benim.

— Al şu çamaşırlarımı yıka!

— Abla şurayı süpürdükten sonra olsa olmaz mı?

— Olmaz! Ben beklemeyi sevmem!

Gülsen şaşırmıştı.

— Ama abla şu işim...

— Başlatma kız işinden! Evimde çalışsaydın köle gibi olurdun karşımda! Burda dayılık yaparsınız! Parçalarım kız seni!

Ürkmüştü, kadının verdiği çamaşırları alıp doğru banyoya gitti Çamaşırları açınca kanlı giysiler gören Gülsen çığlık atarak sevdiği Zehra ablasına koştu:

— Abla! Bu kadın adam mı öldürmüş?! Elbiseleri kan içinde... Günlerce de bekletmiş leş gibi kokuyor!

Zehra gülümseyerek cevap verdi:

— O terbiyesiz bir kadındır. Onun kadar terbiyesiz birini hiç görmedim. Hatta meslektaşlarının arasında bile onun gibisi azdır. O elbiseleri yıkayacaksın canım, çare yok! Kadınlık hali! Yine de erkeklerle bizim tarafa aynı oranda su verilir. Kadınlara ayrıca torpil yapılmalı değil mi? Valla bir kitap yazıp yetkililere göndereceğim, kadınlara kadınlık hakları verilsin! Şu koğuşa bak üç tane çocuk var, anneleriyle bir ranzada yatıyor, ama çocuklar için bir şey yapılmıyor!..

Gülsen iğrenerek ağlamaya devam etti:

— Abla, ben o kanlı elbiseleri yıkayamam, tiksiniyorum!..

Ranzasının üzerinde el işi yapan kadın, hüzünlü hüzünlü cevap verdi:

— Ben de tiksinirdim, ama alıştım Gülsen'im. Kendini bilen bir kadın bu kadar kirliyi zaten başkasına yıkatmazdı. Bunlar görgüsüz kızım. Bunları para şımartmış. Biz de paraya muhtaç zavallılarız, ne yapalım... Dayanacağız.

— Peki abla, neden böyle çok fazla kanlanmış. Ameliyat mı olmuş? Benim bildiğim çok azdı.

— Sen onu sonra anlarsın. Hadi git şimdi yıka kızım. Bu hayat kadını, kim bilir kaç erkeğe hanımefendi görünerek onu karısından kopardı. Görünüşü kraliçe gibi. Bilmezler ki iç yüzünü!.. Sen şimdi git yıka. Öğlenden sonra da sanatçı Lale Oraloğlu'nun çamaşırları var, onları yıkarsın. Ama Oraloğlu bunların yaptığını yapmaz...

Gülsen mecburen tekrar banyoya dönerek çamaşırları yıkamaya başladı.

Gözlerinin yaşı zaten kurumuyordu ama bu gibi durumları gurur meselesi yapıyor, yürekten yaralanıyordu. Gülsen zaman zaman şiir yazıyor olmuştu.

Kendi kendine ağıt yakıyordu:

BABAM

Ellerin kölesi yaptılar beni
Gurbetin içine attılar beni
Daha yaşım gençken yaktılar beni
Sen nerelerdesin, neden gelmiyorsun
Kızın ölüyor baba, sen bilmiyorsun

İdam etselerdi böyle yanmazdım
İpte asılsam da yalnız kalmazdım
Hiç olmazsa böyle yara almazdım
Sen nerdesin, neden gelmiyorsun
Kızın ölüyor baba, sen bilmiyorsun

Ellerin pislikleri elime geldi
Bilmediğim sözler dilime geldi
Sana bile isyan, gönlüme geldi
Sen nerdesin, neden gelmiyorsun
Kızın ölüyor baba, sen bilmiyorsun

Ertesi gün başka bir mahkûm da aynı şekilde kanlı bezlerini veriyordu Gülsen'e.

— Al bunları yıka!

— Ben kandan tiksiniyorum!

Gazetelerde boy boy resimleri çıkan, bu sarı saçlı, şık giyimli kadının ne mal olduğu burada anlaşılıyordu. Merhametsizce insanları satın alıyor, bu yetmemiş gibi azarlıyordu:

— Vay vayy! Demek kandan tiksiniyorsun! Hadi ordan kaltak! Yedi erkekle yatmaya tiksinmedin de benim tertemiz kanımdan mı tiksineceksin! Al eşek gibi yıka ve getir bunları! Yoksa temizleme işini senin üzerinden alırım!..

Bu konuşmaları duyan iki kadın mahkum Gülsen'e hakaret eden bu kadına çok sinirlenmişlerdi. Gülsen'in bir şey söyleyemediğini görünce hemen kadının başı ucunda bitiverdiler. Birisi telekız olan kadınların, diğeri katildi. Katil atıldı önce:

— Bana bak, sonradan görme moruk! Alır senin (....) yırtarım ha!.. Mecbur mu ulan bu kız, senin pisliklerini temizlemeye? Bu kız senin kölen değil tamam mı?..

Gülsen'e bu mahkûmun arka çıkması sarı zalimi korkutmuştu:

— Tamam canım. Ben de başkasına yıkatırım. Paramla değil mi... Ver biz yıkayalım diye elimi öpen çok...

Doğru, elini öpenler vardı.

Öylesine parasız bırakılıyordu ki bazı mahkûmlar, ellerin değil elini, ayaklarını öpecek kadar çaresiz kalıyor, böylesi terbiyesizleri dinliyorlardı. Ağlaya ağlaya, öle öle...

—Düzen muhtaç etmişti bunları.

Ey bozuk düzen!

Senin eserindir bu zulüm. İnsanlara Allah'ını, dinini, utanmayı, arlanmayı unutturdun. İnsanlığı böyle duygusuz yaptın. Aç bıraktın, onursuzlaştırdın. Ağlattıklarının haddi hesabı yok. Hâlâ seni savunanlar var!.. Savunanların hepsi de mutlu azlar. Senin darbeni yiyenler, seni savunmuyorlar. Ama seni, İslam'a inat savunanların da haddi hesabı yok. İnat, evet inat için savunuyorlar.—

Sen yaktın bunca canı
Mahkûmdan emdin kanı

Sen bu güzel can vatanı
Benzettin vahşi çağa
Hasret kaldı insanlık
Sıcacık bir kucağa
Sayende ana kuzuları
Bitmiyor yürek sızıları
Süpürgen oldu ülke kızları.
Tek tek saçlarından çekip kopardın
Onların derisiyle yaranı sardın(!)

Gülsen kanlı elbiseleri yıkadıktan sonra ranzasına gelip oturmuş, kara kara düşünüyordu; "Şimdi babam köye dönmüştür. Ben ona bir mektup yazayım da buralardan kurtulayım, yoksa verem olacağım!..."

İkramiyeden bir zarfla kağıt istedi.

— Kime yazacaksın?

— Babama.

— Canım yazmana gerek var mı, onda vicdan olsaydı hemen gelirdi!..

— Babama öyle deme, babam duysaydı gelirdi. Hem de "Oğul... oğul" diye diye gelir., beni bağrına basardı.

Sen benim ak sakallı nur yüzlü babamı tanısan bunları söylemezdin. Hayatım boyu bana bir kez kırıcı konuşmadı.

İkramiye, derin derin baktı Gülsen'e:

— Kız senin ömrün neki de bunu söylüyorsun. Bir günlük böcekler gibi, kendini uzun ömürlü sanıyorsun?

Neyse, al bakalım sana bir zarf, dört adet de mektup kağıdı var. Yaz, yazmak terapi demektir.

Ranzasına oturan Gülsen, bir müddet tereddüt ederek yazmaya başladı:

"Sevgili babacığım;

Önce üzerime farz olan tanrı selamlarını sunar, beyaz sakallarından öperim.

....

Tanrı, tapılan şey demektir. Allah'tan başka şeylere de tanrı denebildiğinden, Tanrı özel isim değildir. Rabbimizin özel ismi Allah'tır. Tanrı da denir ama denmemesi daha iyi olur.

Fakat bunları bilmiyordu, Gülsen, ağlayarak yazıyordu mektubunu.

....

Babacığım, nasıl anlatacağımı bilemiyorum. Kalbinden kötü bir şey geçmesin, sana çok acı haber vereceğim, sakın felç geçirme.

Canım, biricik babam.

Köyden Ankara'ya geldikten sonra başıma gelenleri bilsen ağlarsın, kahrından ölürsün babam. Benim hiç suçum günahım yokken, damgalandım, iftiralara uğradım. Şimdi nerdeyim biliyor musun babacığım... Yavrun nerde yatıp kalkıyor biliyor musun? Bilemezsin babacığım, asla bilemezsin!.. Sıkı dur yazıyorum, ben cezaevindeyim babam! Senin vurmaya kıyamadığın yavrunu bilsen ne kadar dövdüler!..

Sebebi de benim hiç ilgim olmayan bir şey: Kocamı öldürdüler. Biliyorsun, son görüştüğümde söylemiştim, eve adamlar getiriyor, içki içiriyor, demiştim. Onlardan bir gu-

rup herhalde; öldürdüler. Sonra da beni suçlu gösterdiler. Benim hiçbir günahım olmadığı gibi, hiç birini de tanımıyorum. Ama bana inanmadılar. Vurdular, vurdular babam. Mecburen "Ben öldürttüm." dedim. "Dostuma öldürttüm." dedim. Jandarma ile polise. Babacığım öyle dövüyordu ki, sen de olsan , "Babamı ben öldürdüm." derdin. Çare yok baba derdin. İnsanın o acıya dayanması mümkün olamaz. Yılanlar bile yapmazdı bunu!..

Canım babacığım!

Ne olur, bu yavruna sahip çık! Senden başka benim kimsem yok. Beş gün sonra mahkemem var. Kesinlikle çıkarım ama beni korkutuyorlar, bir aksilik olursa koş baba imdadıma. Avukat yirmi bin lira istiyor. Hemen beni çıkaracakmış. Ne olur elini çabuk tut baba!

Dayanamıyorum, ciğerim kavruluyor baba. Gecem gündüzüm zindan oldu. Sağımda solumda katiller var. Beni öldürecekler diye korkudan uykularım kaçıyor... Baba katili bile var burada. Kötü kadınların çoğu bizim koğuşta. Gaspçılar, hapçılar, kadın satanlar, hepsi var. Senin yavrun bunların hepsini duydu, gördü, öğrendi baba.

Öyle küfür ediyorlar ki aklın durur baba. İyi insanlar da çok. Ama burada parası olan bey gibi yaşıyor. Parası olmayan da benim gibi sürünüyor, ellerin pisliklerini temizliyor. Kızın yanıyor babacığım. Bu genç yaşımda cehenneme düştüm. Çocukken ihtiyarladım. Her şey Ankara Gençlik Parkı'nda unutulduğum gün başladı baba.

Her şey bir yana, ben senin üzüleceğini düşünmekten bir hal oldum baba. Gazete kanıma girdi baba. "7 aşığıyla bir olup kocasını öldürdü."diyor. Belki sen de duymuşsundur.

Gözünü sevem baba, sakın ola ki aldanmayasın! Ben o kadar adamı nasıl ayarlarım babam? Ben o kadar namussuz muyum? Ben o kadar şerefsiz miyim. Hem ben o işleri nasıl becereyim, benim yaşım başım ne! Allah'tan korkmadan bana bunları yakıştırdılar! Hep dua ediyorum: Allah onları süründürsün! Dilerim Allah'tan, o gazetede onları yazanlar benden beter sürünürler!..

Canım babam, ölmeden önce seni göreyim, ben her şeye razıyım. Sen benim masum olduğuma inandınsa, benim için bu yeterli.

Acele cevabını beklerim babacığım. Beni fazla bekletme. Canım babam, dünya gözü ile seni bir kere daha görürsem, dizine başımı koyacak, asla senden ayrılmayacağım.

Satırlarıma son verirken, acele cevap beklediğimi tekrar hatırlatıyorum. Canım babacığım, ne olur hemen yaz, hemen!..

Halsiz ve zoraki yazdığı mektubu zarfa koydu. Zarfın üzerine şunları yazdı: "Bay, Hasan Hüseyin TEKEL, Övünce Köyü-Kelkit/GÜMÜŞHANE" Sonra mektubu yastığının altına koydu.

Artık babasına daha yakın hissediyordu kendini... O günü de böyle geçirmişti.

Koğuşta bunalımlı hava devam ediyordu. Kimi ağlıyor, kimi gülüyordu.

Gülsen birden bire mahkûmun birine, Esra Öztünçeli'ye dikkatlice baktı. Bu kadın ne kadar tuhaf bakıyordu kadınlara. Gülsen'in yanına gelip konuşmağa başladı:

— Ayol, valla sen güzel kızsın ayol! Ne diye ağlıyorsun?

Gülsen bir tuhaflık seziyordu bu mahkûmda ama anlayamıyordu. Zoraki cevap verdi:

— Bana bakma sen!..

Esra sakız patlata patlata sormaya devam etti:

— Kız senin neyin var? Seni hep üzgün görüyorum! Yoksa sevgilin ihanet mi etti?

Cevabı beklemeden devam etti:

— Bu erkek milleti kahrolsun emi! Ayol onun için erkekliğime veda ettim! Hain şeyler!

Gülsen şaşkın şaşkın cevap verdi:

— Ne demek o, ben anlayamadım abla!?

— Hay senin abla diyen ağzını sevsinler! De kız, "Abla" denmesinden çok hoşlanıyorum... zorla değil ya kız... erkek olmak hoşuma gitmiyor.

— Sen şimdi nesin?

— Şu anda kısmen erkeğim ama ameliyatla tam olarak kadın olacağım.

— Nee! Sen şimdi erkek misin?!..

— Evet ama sakın korkma. Ben de tıpkı kız gibiyim. Sana zararım olmaz.

Gülsen çok korkmuştu. Birden bire herkese erkekmiş de kadın kıyafetleri giymişler gibi bakıyordu, etrafındaki kadınların erkek olduğuna inanmıştı. Panik içinde çıkıştı dönmeye:

— Sen neden benim yanıma geldin! Şimdi bağırırım hemen git yanımdan!

Erkekten dönme Esra hemen oradan uzaklaşmıştı. Gülsen ilk defa böyle bir şey duymuştu. Neden erkek, kız olmak istesindi ki?! Kızların bahtı daha mı güzeldi?!..

* * *

Ben vereyim cevabını Gülsen'im:

Hayır! Burada da öteki alemde de hiçbir cins 'şanslı' değildir. O halde neden?

Gençliği şaşırttılar. Fuhuş, içki, kumar, dinsizlik aşısı derken gençlik kendini kaybetti. Artık hiçbir şeyden zevk almamaya başladı, bir şeyden zevk almayınca, "Bari cinsiyet değiştireyim de hayatımın bir anlamı olsun." dedi. Dedi çünkü dedirttiler. Gençliği bu duruma getirdi, çağdaş yobazlar.

Bilir misiniz, bu çağın yobazı, geçmiş çağdaki yobazları mumla aratıyor. Bu çağdaş yobazların içinde ne ararsanız var.

* Laik liboşlar var.

* Dinsiz ama bir numara dindar görünenler var.

* Dinsizim diyenler var.

* Falcılar, putcular, ölüden medet umanlar var. — Sakın mezarlara Fatiha okuyanlarla bunları karıştırmayın—

* Kendi fikrinden başka hiçbir fikre tahammül edemeyenler var. Artı, her fikre tahammül ettiği halde, sadece İslam'a tahammül edemeyenler var.

İşte bu çağdaş yobazlar, el ele verip İslamsız, çağdaş bir toplum isteyince bu gençler böyle oldular.

* * *

Gülsen temizliğini yapmış, dinlenmek için oturuyordu. Birden Sebahat'ı fark etti. Kendisine gülümsüyordu.

— Neden gülüyorsun abla?

— Son temizliğim diyorsun da onun için.

— Tabii ki son abla. Yarın mahkeme var.

— Ben de öyle zannetmiştim. Hep beraat umuduyla gittim mahkemelere, yıllarca böyle devam ettim. Ama yirmi dört yıl yedim!.

— Senin suçun ne?

— Benim suçum böyle bir ülkede doğmak...

— Üstü kapalı konuşma da doğru dürüst anlat, ne oldu? Gel şuraya otur. Bir de çay alayım. Güzelce konuşalım.

İki mahkûm alt ranzada karşılıklı oturuyorlardı. Sebahat zaten derdini dökmek istiyordu. Hemen başladı:

— Ben bir avukatın yazıhanesinde çalışıyordum. Çoluk çocuğumun ihtiyacı vardı... Bir gün yazıhaneye gittiğimde baktım avukat içiyor. Ben niye karışayım ki içer içer. İçeri girip temizliğime başladım. Birden avukat kapıyı kilitledi. Bana saldırdı. Çok bocaladım ama kuvvetim yetmedi. Kalp hastasıymış; boğuşurken öldü. Ama ben suçlu görüldüm. Bu adaletsiz dünya böyle kızım. Adamın metresi bile olsan kalbi tutmuşsa sen sorumlu oluyorsun. Kaldı ki tecavüze uğrayan benim. Ceza alan da ben oldum. Az kaldı çıldırıyordum. Kendimi yerden yere attım ama nafile... Bana bu bozuk düzen resmen şöyle diyor: "Adam seninle yatmak istiyor idiyse onu neden yordun da kalbinin durmasına sebep oldun?" Bu resmen böyle demektir.

Gülsen anlamadığı için safça soruyordu:

— Abla bu haksızlığı kim yapıyor?

Bu arada devamlı rejim yapan, sırf kemikten ibaret olan Aylin gelmişti yanlarına. Elinde haşlanmış patates vardı.

Sabahat'a sordu:

— Bakar mısınız hanımefendi, bu patateste kaç protein vardır?

— Ben nerden bileyim!

— Peki şu soğanda?

— Onu da bilmem...

— Ayy ne yapsam acaba! Yersem kilo alacağım...

— Kızım bir deri bir kemik kalmışsın, rejim senin neyine. Ye de biraz insana benze...

— Şimdi neye benziyorum?

Sebahat gülerek cevap veriyordu:

— Hortlağa.

— Sen hiç hortlak gördün mü?

— Senden başka görmedim.

— Sen beni kıskanıyorsun!..

Bunu duyan yan ranzadaki mahkûmda gülmeye başlamıştı.

— Kızım onu bilmem ama ben seni kıskanmaktan dolayı nerdeyse hasta olacağım!..

Aylin kendisiyle dalga geçildiğini anlayamıyordu.

— Kıskanma, kıskanma sen de rejim yap.

Aylin aklını rejime takmış, kırk üç kiloya inmişti. Bir altmış beş boyundaki Aylin otuz dokuzunu kemik sayarsak, bu insanın iskeletinde sadece kemik var demekti.

Gülsen hiç anlayamıyordu, bir insan neden bu kadar zayıflamak isterdi ki!

Sormadan edemedi:

— Kardeşim, sen neden zayıflamak istiyorsun?

— Haluk için. Haluk zayıf olsaydın seni bırakmazdım, dedi.

— Allah Allah. Bu nasıl şey böyle!

Aylin hemen ordan ayrılmıştı.

Gülsen şaşkın şaşkın Sebahat'a sordu:

— Abla ben bir şey anlamadım bu ne demek oluyor?

Derin bir ah çeken Sebahat, Aylin'in sırrını veriyordu:

— Sen de inandın mı kardeşim, adam başından atmak için bir yalan uydurmuş. Bu zavallım da sevgilisine yaranmak için bir deri bir kemik kalmış. Bir insan aptal olmaya görsün. Kendisini sömürenleri göremiyor. Bir kadını aldatıp onun namusuyla oynamanın, bu bozuk düzende bir cezası da yok.

— Nasıl yani?

— Bak şimdi, bu kadın saf değil mi?

— Evet.

— Buna zorla tecavüz ederse suç, ama yalanlarla kandırır da öyle elde ederse suç değil. Gönüllü olmuş oluyor. Bence öyle bir kanun olmalı ki, böyle aldatma ile kadını elde eden, ya da erkeği elde eden müthiş bir cezaya çarptırılmalıdır.

* * *

Aylar sonra aklı başına geliyordu.

Gülsen ilginç cezaları dinlemeye devam ediyordu. Nuriye ile konuşuyordu şimdi de.

— Sen neden ceza aldın?

— Çocuğum öldü canım.

— Sen mi öldürdün?

— Allah korusun! Ben yavruma kıyar mıyım?!

— O halde nasıl oldu?

— Gece yarısı ağladı yavrum. Ağzına meme verip uyudum. Meğer çocuğun burnunu kapamış göğsüm ve ölmüş yavrum!

— Kaza olmuş yani?

— Evet, kader diyorum ben.

— Peki, neden o halde ceza verdiler?

— Bilmiyorum, bilemiyorum. Yavrumun öldüğüne mi yanayım, katil damgası yediğime mi, müebbet hapis cezasına mı, şaşırdım kaldım! Günlerce ağlamaktan hasta oldum. Ama hiçbir faydası olmadı. Geçen sene Ecevit affı çıktı ama bana vurmadı. Artık göz pınarlarımda yaş da kalmadı zaten.

* * *

Beklediği beş günü de bitmişti. Gülsen hazırlık içindeydi. Kendi kendine gelin güvey olmuyordu, kendi kedine mahkûm yargıç oluyordu. Kendisi yargıç olunca da hemen affediyordu haliyle kendini. Neden etmesin ki, bir suçu yoktu!..

Öte yandan bir mahkum şiirler yazıyordu;

Tepeler gibi yığın yığın
Cezaevleri ful dolu
Af çıkar mı diye, bu gün yarın
Mahkûmlar umut dolu

* * *

Gülsen yine sesleniyordu:

— Bugün çıkıyorum, mektubu olan varsa bana versin.

İkramiye çok üzgündü. Gülsen'in hayal dünyası onu korkutuyordu.

— Gülsenciğim, yalvarırım bu saçma sapan umuduna bir son ver lutfen! Böyle umut edersen hayal kırıklığından gideceksin!

Gülsen kararlı cevap veriyordu:

— Olur, mu abla! Hakim amca bana söylemişti, o gece ablanda olduğuna dair bir şahit getir hemen seni çıkaralım, demişti. Dün avukat söyledi. Ablamı bulmuş, ona haber göndermişler. Mutlaka çıkarım!

* * *

Gülsen mahkemeye çıkmak için heyecanlanıyordu. Bir saat sonra mahkemeye gidecekti. Alt ve üst koğuşları tek tek gezerek vedalaştı.

— Hakkınızı helal edin ablalar. Benim bugün mahkemem var gidiyorum.

Mahkûmlar şaşırıyor, soruyorlardı:

— Avukatın mı söyledi?

— Hayır, ben biliyorum: Bu gün çıkıyorum, çünkü suçum olmadığını herkes biliyor. Mademki adalet var, neden çıkmayayım ki!

Oturduğu yerden İkramiye sızlandı:

— Adalet varsa biz neden yatıyoruz? Benim de bir suçum yok. Ama iki yıldır suçum olmadığını kimselere anlatamadım!

Bir başkası, İkramiye'nin söylediğini destekliyordu.

— Kızım bu kadar hayal kurma, sonra hayal kırıklığına uğrarsın!

— Yok canım. Ben eminim. Haydi, ablalarım, ben gidiyorum Allah sizi kurtarsın!

Kıdemli mahkûmlar, Gülsen'in bu durumuna üzülüyorlar, ama Gülsen'e söz geçiremiyorlardı.

* * *

Gülsen gardiyan odasındaydı.

Mahkemeye giderken önce gardiyan hanım tarafından aranacaktı.

— Gel kız buraya!

— Buyur teyze.

— Üstünü arayacağım! Sen kaç yaşındasın?

— On üç yaşındayım, yakında on dördüme...

— Nüfus kağıdında kaç yazıyor?

Gardiyan Gülsen'in evrağını alıp yanındaki mahkûma uzattı:

— Oku bakayım kız! Kaç doğumlu bu kız?

Mahkum kadın okudu:

— 1959 doğumlu.

— Aaa peki neden on üç olduğunu söylüyorsun?

— Ne yapayım! Ailem nüfusa büyük yazmış.

Sonra mahkûm kadına dönen gardiyan sordu:

— Eee kaç yaşında oluyor bu kız?

— Amaan boşver abla, kaç yaşında olursa olsun bize ne!

— Bizi ayakta uyutmasına canım sıkılıyor. Sekiz kocalı Hürmüz olmuş. Sekiz erkeği ayakta uyutmuş ama beni uyutamaz!

Gülsen suratına hızlı bir tokat inmiş gibi hissetti kendini. Zoraki cevap verdi:

— Günahımı almayın teyze! Ben o adamları tanımıyorum bile...

— Hadi kız şıllık! Benim gözlerime bak bakayım bunu yutacak gibi mi duruyor?!

Gülsen'i dinlemeden tekrar sordu öteki mahkûma:

— Eee kaç yaşında oluyor?

— 1959... 1978'den çıkarsak on sekiz kalır. Bir yıl daha düş.

Gardiyan birden suratını çuval gibi buruşturarak sordu:

— Hani kız, k..... on üç yaşındaydın?!

— Evet, anayaşım öyle, benden önce dünyaya gelen ablam varmış. O ölünce, onun nüfusunu bana vermişler. Beni artık azarlamayın teyze!

— Bana teyze deme terbiyesiz! Gardiyan abla de. Allah'ın dağlısı! Daha kaba konuşmasını düzeltmeden yedi sevgili bulmuş!

Gülsen artık dayanamıyordu. Olduğu yere oturarak, yüksek sesle yine ağlamaya başladı.

— Yeteeer yeter! Bana bu kadar hakaret etmeyin! Beni de bir ana doğurdu, ben de ana kuzusuyum! Sizde hiç merhamet yok mu?! Neden bana inanmıyorsunuz?!

Bu sahneye şahit olan Sündüs'ün suratı asılmıştı. Gülsen'in ağlamasına daha fazla tahammül edemedi:

— Gardiyan hanım, sizin mahkumu yargılama hakkınız var mı?!

Gardiyanın suratı asılmıştı.

— Sana ne kız!

— Bana ne mi olur? Ben de mahkûmum! Dahası adalet sahibiyim!..

Gardiyan gözlüğünün altından bakarak azarladı:

— Sus bakim sen!

— Susmam. Mahkûmu sadece adalet yargılar! Hakim önünde yargılanacak mahkumu burada bir de siz yargılayamazsınız!

Gülsen gözyaşlarını silerek Sündüs'e döndü:

— Boşver canım ablam. Benim için kavga etme. Bu gün zaten çıkıyorum...

Gardiyan yüksek sesle kahkaha attı:

— Sen mi? Sen bu gün bu cezaevinden çıkarsan ben de burma bıyık bırakacağım!..

Gülsen hâlâ iddia ediyordu. Bilmiyordu ki, gardiyanlar adalet mekanizmasını yakından takip eden insanlardır. Onlar, çok iyi biliyordu ki, parası ve arkasında kimsesi olmayan mahkumlar hemen çıkamazlardı.

Gülsen, gördüğü hakaretlerden sonra, üzeri aranarak ikinci bölmeye yollandı. Uzun salona doğru giderken gardiyana dönüp söylendi:

— Göreceksiniz! Masum olduğum bu gün anlaşılacak ve beraat edeceğim. Sen de göreceksin!

Üzgün ve perişan Gülsen ikinci kapıda da sorguya çekildi:

— Adın soyadın?

— Gülsen Tekel.

— Suçun?

— İftira.

İnfaz memuru alaylı alaylı cevap verdi:

— İftira mı? Zaten burada suçlu yoktur ki! Herkes iftiradan yatar, yedi sevgilisi olsa bile!..

Şaşkındı Gülsen. Kimse ona inanmıyordu. İkinci kapıdaki sorgusu da bitti. Üç, dört derken beşinci kapıda da tam inceleniyordu.

Memur:

— Dur bakayım, resimdeki sen misin?

— Benim ağabey.

— Dur işte, bakıyoruz! Belki başka mahkumun adına sen gidiyorsun?!

— Neden gideyim ki?!

— Onu ben bilemem. Daha doğrusu, bize gelen emir böyle...

Cezaevi elemanlarından çoğu artık dejenere olmuşlardı. Kalp kırabileceklerini hiç düşünemiyorlardı: Suçluları, cezaevinde laçkalaşan insanları göre göre kendileri de laçkalaşmışlardı. Ama düşünemedikleri bir gerçek vardı: Mahkûmlar laçkalaşıyorlarsa, suçlu sadece kendileri miydi? Dışarıdan çok güzel ahlakla gelenlerden birçoğu içerde neden bozuluyordu? Suç sadece bozulanda mıydı, bozanlarda hiç suç, günah yok muydu?

Bunları Gülsen de bilemiyor, o kim ne derse onu yapıyordu.

Memur:

— Çantanı aç.

— Çantam yok amca.

— Nerde?

— Yanımda çantam yok... Evde kaldı.

— Haber ver getirsinler kızım. Çantasız kadın olur mu?

— Evimde kimse yok ki!

— Senin akraban filan yok mu?

— Herhalde duymadılar. Duysalar hemen gelirlerdi.

— Peki paran?

— Param da yok.

— Sana kim bakıyor?

— Bir abla. Koğuş temizliği yapıyorum. Bu gün çıkmazsam yakında el örgüsü öreceğim.

Memur acımıştı Gülsen'e.

— Al bu beş lirayı, canın bir şey isterse alırsın.

— Yok amca, ben istemem.

— Al...Al kız...

Gülsen, mahkûm arkadaşı Zehra'nın sözünü hatırladı: "Kaç erkek bana para yardımı yaptıysa, karşılığında benden bedenimi istedi."

Paraya ürkerek bakıyordu:

— Hayır istemem, sağol amca! Ben zaten bu gün çıkarım. Hemen iş yerine giderim. Yeni işimde iyi para alıyordum.

Memur ne yaptıysa parayı verememişti. Birden dikkatini çekti. Gülsen soğuktan üşüyor, çenesi birbirine vuruyordu. İçindeki kıyafetin ince olduğunu düşünen memur, hemen bir çare bulmuştu. Kalın bir kazak vererek Gülsen'e uzattı. Gülsen yine itiraz edince. Memur kolayını bulmuştu?

— Bütün mahkûmlar mahkemeye giderken, bu kıyafet onlara mecburen veriliyor.

Gülsen çaresiz kabul etmişti. Ara bölmede kazağı giydikten sonra, cezaevinin çağdışında dahi bulunamayan hücresine girmişti. Hücrede beş mahkûmun daha bulunduğunu görünce sevindi.

Gülsen girer girmez sordular:

— Hangi adliyeye gideceksin?

— Bilmiyorum abla. Siz hangisine?

— Ben Eyüp Adliyesi'ne, arkadaşım Fatih, şunlar da Beyoğlu Adliyesi'ne. Sen de farklı yere gidersen yandık demektir! Senin suç mahallin nerdeydi?

— O ne demek?

— Suçu nerde işledin?

— Ben işlemedim. Kocamı öldürdüler, beni tutukluyorlar.

— Nerde öldürdüler?

— Bağcılar'da.

— Tamam, sen de Bakırköy'e gidiyorsun demektir. Şu kış gününde donacağız demek!..

Gülsen nereye gideceğini, nerelerden, nasıl geçeceğini bilmiyordu. Zaten bozuk düzenin en büyük hatalarından biri de, insan psikolojisine önem vermemesiydi. Adliyelerin arkasında, halkın bilmediği acımasız hücreler vardır. Mahkeme öncesi bu korkunç yerlerde bekletilirdi mahkûmlar. Bazen beş saat bekleyen mahkûma hiçbir konuda bilgi verilmez ve bir çok mahkumun böyle işkenceyle bekletilmesine sebep olunurdu. Hatta Gülsen gibi perişan olanlar, ipin ucu kaçınca da aklını oynatanlar çıkar.

Her şeyden habersiz sorar Gülsen:

— Neden donacağız?

— Görürsün canım, biraz sabret!

Gülsen'i Bakırköy Adliyesi'nin arka kapısında indirirler. Gülsen ilk kez sivil insanlardan birilerini uzaktan da olsa görüyordu.

Askere sormadan edemedi:

— Burada mı bırakacaksınız?

— Evet, burada bırakıp, öteki adliyelere mahkûm taşıyacağız.

— Ne kadar beklerim?

Asker sinirlenmişti:

— Nerden bileyim kardeşim! Neden soruyorsun?

— Burda hücrede kalacakmışım. Sıkıntıdan bunalır patlarım, diye soruyorum.

— Ne yapayım kardeşim, ben de bunalıyorum. Sen bizi mahkûm taşımaya meraklı mı sanıyorsun?

Gülsen her kime bir kelime söylese, on kelimelik azar işitiyordu. Şaşırıyordu... Bu muydu uygar dünya?! Bu muydu muasır medeniyet seviyesi?!

Birkaç dakika sonra Bakırköy Adliyesinin bekleme hücresine konmuştu. Buz gibi bir hücre. Taa tepede küçük bir pencere vardı. Gülsen içeri adımını atar atmaz kocaman kapı suratına kapatılmıştı. Gülsen önce ürkmüştü. Bir müddet ne yapacağını şaşırmış halde kalakalmıştı. Çaresiz, gidip duvar dibine çökerek oturmuş, soğuktan ellerini ovuşturmaya başlamıştı.

Yer beton, tavan beton... Onu hapsettirenler de betonlaşmışlardı.

Gülsen'i görür gibi oluyorum. Karanlıkla ışığın birbirine karıştığı hücrede büzüşmüş halde köşede oturuyordu. Bari oturacak bir sandalye koysaydılar!

Saatler geçince Gülsen nöbetçi jandarmaya sorar:

— Kardeş, daha ne kadar bekleyeceğiz?

— Bilmiyorum. Bekle, sıran gelince seni çağırırlar.

Öğlen olmuştu. Hâlâ çağrılmıyordu Gülsen. Karnı da iyice acıkmıştı. Sabah kahvaltısı bile yapmamıştı. Parasız pulsuz Gülsen, öylece pısıp oturduğu yerde kımıldamadan duruyor, bir saat sonra yine saati soruyordu.

Bu defa askeri başka şey için çağırıyordu:

— Bakar mısınız, bir sigara rica etsem?..

Asker hemen bir sigara uzatmıştı.

Gülsen derin derin düşünüyordu: Bir zamanlar erkekten sigara alan kadın görse kötü gözle bakardı. Ama şimdi kendisi alıyordu. Gözyaşları içinde düşüncelerine devam ediyordu ama, iyice de üşümüştü. Dudakları kararmış, rengi kaçmıştı. Demek kendisine kazak veren memur biliyormuş buraları. Ya kazak vermeseydi, donacak mıydı? Belki de. Kimsesiz Gülsen kimsesizler mezarına girecekti... Devletsiz, milletsiz donacaktı.

Bütün bunlar yetmiyormuş gibi bir çocuğuyla Roman bir mahkûm getirilir. Durmadan konuşan mahkûm kadının ilk işi, düzene küfretmek olur. Yankesiciydi. Yani hırsızdı kadın. Düzen onun elini kesmiyordu, ama yine de ona yaranamamıştı.

Nihayet Gülsen, çavuşun sesiyle kendine geldi:

— Hadi gidiyoruz.

— Sahi mi? Hemen gidiyor muyuz? Benim davam bitti mi?

— Olur mu be kızım?! Sen de amma aptalmışsın be! Sen mahkemeye çıkmadan dava biter mi?

Gülsen mahkemeye çıkmak nasıl olurdu, onu bilmiyordu ki?

Gülsen soğuktan birbirine vuran dişlerine hakim olmağa çalışarak cevap verdi:

— Ben nerden bileyim abi, neden azarlıyorsun böyle?! Hep azarlayarak konuşuyorsunuz! Ben size ne yaptım ki bana böyle davranıyorsunuz?!

Çavuş mahcup olmuştu.

— Bıktık be bacı! Her gün mahkûm taşı, mahkum taşı anamız ağlıyor! Kimisi de kaçıyor. Daha yakında bir mahkûm kadın kaçtı. Subayı tavlamış, otele götürmüş. Kapıda da askerlere bekleyin demiş. Askerler de beklememişler. Subay da askerlerde, böyle şeyler yaptığı için hapse atıldılar. O günden beri mahkûm milletine gıcık oluyorum!

Yankesici Roman kadın bunları dinlerken, birden bire atıldı:

— Hooşt. Onlara kızmıyon da kaçan mahkuma mı kızıyon sen?! Bu nasıl iş böyle? Oh, canıma değsin, ben de olsam kaçardım!

— Ama asker emir kulu, mecburen üstümüzü dinlemek zorundayız!

Tartışma devam ederken, çavuş kapıyı kilitledi. Öğlede geçmişti. Yine kimseler yoktu.

Gülsen ayaklarını duymuyordu artık. Tahta ayaklı adam gibi, ayaklarına değil de, tahtaların üzerine basıyormuş gibi hissediyordu kendini.

Bir de kucağında çocuk olan bu Roman kadını getirmişlerdi yanına. Sakızını patlata patlata Gülsen'e bakıp sordu:

— Suçun ne kız? Kaftiledin mi?

— O ne demek?

— Sen yeni misin?

— Evet yeniyim.

— Suçun ne?

— Bu soru en az yüz defa soruldu. Bıktım ama nasıl olsa son soran siz olacaksınız, cinayetten yargılanıyorum.

— Kimi öldürdün?

— Kocama öldürdüler.

— Bir de benimkini öldürseler ne var! Gider de garibanın kocasını öldürürler…

— Seninki çok mu kötü?

Kadın cevap vermeden çocuk sızlanmaya başlamıştı:

— Anne kakam geldi!

— Sus, sık kendini! Şimdi atıştık askerle tekrar atışmaya niyetim yok!

— Bana ne!.. Ben sıkıştım…

— Oğlum şimdi sırası değil, biraz sabret!

Kadın ne söylediyse çocuk onu dinlemiyor, feryadı basıyordu. Sonunda olan olmuştu. Çocuk tuvalet ihtiyacını hücrede giderince, Gülsen'in havasına, birde pis koku ilave edilivermişti.

"Nasıl olsa çıkacağım." diye kokuya da büyük bir sabırla tahammül ediyordu.

* * *

Saatlerdir "Hemen gidiyoruz." denmesine rağmen hâlâ mahkemeye çıkarmamışlardı. Böyle soğuk bir yerde saatlerce beklemenin ne demek olduğunu siz çekmedinizse bilemezsiniz, ama ben biliyorum. Üstelik Gülsen'in, açlığı ve susuzluğunun yanında bir de uykusuzluğu vardı.

Bu olay neden böyle oluyordu?

Mademki mahkeme öğlenden sonra yapılacak, o halde neden mahkûm önceden getirtiliyor?

Devlet, adalet mekanizmasındaki açığı mahkûmun çilesiyle kapatmak istiyor! Öyle olmasaydı, devlet nerelere para harcamıyor ki, biraz da cezaevlerine harcayıp yeterli miktarda araba alırdı.

Koca cezaevine mahkûm doldur, sonra da bir iki arabaya tık mahkûmları, paradan kaybımız olacağına mahkûmu harcayalım, de. Bu olacak iş mi?!..

Mahkumlar, ancak adaletin olduğu yönetimlerde rahat edebilirlerdi.

* * *

Gülsen hakim huzurundaydı.

Ayakta zor duruyor, söylenenleri zoraki duyuyordu. Savcının iddianamesiyle irkildi. Savcıdan beraat talebi bekleyen Gülsen, savcının kendisi hakkındaki talebini hayretler içerisinde dinliyordu:

— Bu kadın için, Türk Ceza Kanunu'nun 450—4'den idam edilmesini talep ediyorum. Bu kadın tasarlayarak adam öldürten bir katildir!

Gülsen dermanının yettiği yere kadar bağırıyordu sadece:

— Hayıııır! Hayır, ben suçsuzum! Ben suçsuzum! Ben o adamları tanımıyorum!.. Hayıır! Hayır, ben katil değilim!

— Kendinden geçen Gülsen mahkeme sonrası baygın olarak aynı hücreye getirilmiş, betonun üzerine yatırılmıştı.

Burdan ötesi askerin vicdanına kalmıştı artık. Bozuk düzen babası onu bu hâle terk etmişti.

Ne yapsaydı Gülsen?! Karanlık bir düzende yaşıyor, bir türlü ışığa kavuşamıyordu.

Namaz kılmaktan dolayı bir kişi ölmüş olsaydı, bu ülkede namaz yasaklanırdı, ama hâlâ kumar yasaklanmamıştı. Ki o kumar yüzünden binlerce insan öldü, yüz binlerce yuvalar yıkıldı, insanlar çıldırdı. Bozuk düzende kanunlara hak karıştırılmadığı için hukuk yalnız başına kaldığından vicdanlı olamıyordu... Hak olan hukuk kötüleniyor, batıl olan hukuk devreye giriyordu. Bu "hak"sız olan hukukun verdiği çileleri insanlar çekiyordu. Ama Gülsen bütün bunlardan habersizdi.

Cezaevine akşam ezanından sonra geldiklerinde kendisini zoraki ranzanın üzerine bıraktı. Başı çatlarcasına ağrıyor, midesi bulanıyordu.

Artık kendisini taşımaktan bıkmıştı.

Geç saate kadar hâlâ yemek yememiş, yatağına uzanmış, sadece inliyordu:

— Hayır... Hayır, ben yapmadım! Benim bir günahım yok!

Mahkûmlardan bir kaçı gelip teselli veriyordu ama teselllileri daha büyük darbe oluyordu.

Yaşlı teyze:

— Ağlama kızım ağlama! Bu senin alnına yazılmış bir kere! Ne yaparsan yap onu silemezsin!

Baygın halde yatağına uzanmış olan Gülsen birden yerinden fırlar:

— Ne! Bu yazıyı bana birisi mi yazdı?!..

— Tabii kızım. Tevbe tevbe, Allah'a karşı mı geliyorsun?

Gülsen isyan bayrağını açmıştı:

— Öyleyse artık ne kadere, ne de yazıya, hiç birine inanmıyorum!

Yapma Gülsen!..

Sana yanlış telkinler veriliyor, düzenin yazısı da Allah tarafından yazıldı gösteriliyor. Sakın aldanma, ne olur!..

Gülsen aldanmıştı. Bilmiyordu kader iki türlü yazılır; birisi Allah'ın dilediği kader, ikincisi de kulların yazdırdığı ve daha sonra kaderleşen kader vardı.

— Demek öyle ha?! Benim suçum yokken, bunca iftirayı bunca zulmü bana kader yükledi?!

Bilmiyordu ki, bunlar bozuk düzenden kaynaklanıyordu.

Gülsen bu buhran içindeyken, bir deri bir kemik kalan Aylin yanına gelmişti:

— Bakar mısın Gülsen; maydanoz insanı güzelleştirirmiş, bu doğru mudur?

Gülsen anormal bakışlarını rejim hastası kadına çevirdi!

— Git başımdan!

— Canım cevap versen ölür müsün!

Gülsen olanca hırcını ondan alırcasına bağırdı:

— Git başımdaaan! Ben ölmeyi düşünürken bu saçmalıkları dinleyemem!

— Aman sende! Kendini bişi sanıyorsun! Nolmuş sana sormuşsak!..

Gülsen yine kızgınlıkla, cevap verdi:

— Saçmalayıp canımı sıkıyorsun! Hakkımda idam istendi, idam! Bundan haberin var mı?!

— Aaa sahi mi? Şimdi seni asacaklar mı?

Gülsen sinirli sinirli cevap vermeye devam ediyordu:

— Evet asacaklar!

Aylin kendi dünyasından cevap verdi:

— İnan ki çok üzüldüm. Birazcık zayıfla kız... İple asılırken şişko şişko durma... Gazetelerde çirkin çıkarsın...

* * *

Günler sonra...

Gülsen kararını vermişti: Yine dilekçe verecekti. Daha önce de üç dört defa dilekçe vermiş gardiyanlar dilekçeleri yırtıp atmışlardı. Bu defa gardiyan Selman'ı bulmuştu Gülsen. Ağlamaktan şok olmuş haliyle yalvarıyordu:

— Ağabey, Allah rızası için senden rica ediyorum, bu dilekçemi savcı beye götür, onun eline ver! Artık dayanamayacağım! Burdan çıkmam lazım!

— Ne var, ne yazdın dilekçede?

— Söylemek istemiyorum abi, ne olur sen de okuma!

— Selman gardiyan merhametli biri olduğu için Gülsen'e çok acıyordu.

— Peki, kardeşim ver de götüreyim savcı beye.

Titreyen elindeki dilekçeyi Selman'a uzatır Gülsen. Selman dilekçeyi eline alınca:

— Yalnız okumam lazım, okumadan veremem, der.

Gülsen "Hayır açma" diyene kadar dilekçe açılmıştır bile.

Gardiyan dilekçeyi okuduktan sonra Gülsen'e acı acı bakar:

— Seni buraya atanların Allah belasını versin!

Ağlıyordu gardiyan... Merakla soran diğer gardiyana dilekçeyi okumadan geçemedi.

Gülsen dilekçede şunları yazmıştı:

"Savcı amca, tek çarem siz kaldınız. Bana yardımcı olursanız yirmi bin lirayı bulabilirim. Böbreğimi satmaya çıkardım. Ne olur siz gazeteye verin de bu kahredici çilemden kurtulayım. Bu duruma dayanamayacağım..."

Dilekçeyi verip tekrar koğuşuna dönen Gülsen yine Aylin'le karşılaştı. Aylin yine soruyordu:

— Şimdi sen ne zaman asılacaksın?

— Belli değil. Sende böyle sorular sorma!

— Diyorum ki, sen biraz zayıflasan iyi olur. Sevgilin resmini görünce iğrenmesin!

Gülsen sadece acı acı bakınmakla yetindi. O biliyordu ki, bu insana söylenecek bütün kelimeler anlamsızdı.

O geceyi kâbuslar içinde geçirmişti. Çarşamba gününü iple çekiyordu Gülsen. Çarşamba gün belki de babası gelecek. "Benim yavrum masumdur." diyecekti. "Asmayın evladımı, o karıncayı bile incitemez." diyecekti. Yarı baygın, yarı çıldırmış dolaşıyor, hayaller kuruyordu Gülsen.

Havalandırmada mektup dağıtıldığını görünce dışarı çıktı.

Mahkûmlara mektup dağıtan Emine Sema'nın başına toplanmışlar, "Acaba bana da mektup var mı" diye umutla bekleşiyorlardı.

Gülsen de bir köşede büzülmüş onları izliyordu. Mektubu gelenlerin yüz hatlarına bakmak hoşuna gidiyordu. İnsanların güldüklerini görmek istiyor, gördükçe de, bu dünyada gülecek ne var ki, diye düşünüyordu.

Onun için her yer karanlıktı, her yer ağlıyordu. Birden Sema'nın sesiyle irkildi:

— Gülsen Tekel!

Kulaklarına inanamıyordu. Birden kendisini mektup dağıtan mahkumun yanında bulmuştu.

— Kimden geliyor?

— Bilmiyorum.

Mektup babasından geliyordu. Bir çırpıda açıp okumaya başladı:

Sevgili kızım Gülsen;

Önce Allah'ın selamı üzerine olsun diyerekten sana sabır diliyorum.

Oğul, şu iki günlük dünyada beni perişan ettin! Allah seni perişan etsin demiyorum. Buna dilim varmıyor oğul! Allah'tan sana hidayet dilerim. Şunu bil ki, haftalardır ağlamaktan gözpınarlarım kurudu. Kimselerin yüzüne bakamaz oldum. Sen nasıl oldu da yedi âşık sahibi oldun?!. Nasıl yoldan çıktın?! Bu işleri sen ne zaman öğrendin ki becerdin?!..

Bir de beni kurtar diyorsun oğul, seni ben nasıl kurtarayım?! Zaten sen hapisten çıkarsan daha beter işler yaparsın. Sen orda kal oğul, kal! Ben evlat diye zaten senin yüzüne bakamam artık. Kocaman gazetelere çıktın! Yalan olsaydı onlar bunu yazmazdı. Çıkıp ta nereye gideceksin? Ben zaten seni yanıma alamam. Alsam da ağabeylerin izin vermez!..

Seni evlatlıktan reddetmesem de etmiş sayılırım. Ama sana ağlamaktan kendimi alamıyorum oğul. Yine de evladımsın. İçim sana yanıyor oğul, yanıyor..."

Gülsen daha beter ölüyordu şimdi.

Babasının son satırlarını okurken karar vermişti bile. Bu dünyada kalmasının bir anlamı yoktu onun için.

İyice aklına koymuştu: İntihar edecekti. Yaşayıp ta ne yapacaktı?! Sonra kaderi mademki O yazıyordu. Demek ki bu düşüncesini de O yazmış olacaktı!..

Akşam sayımından önce bileklerini keserse sayımda Gülsen'nin eksikliği görülebilir, ölmeden yakalayabilirlerdi. O yüzden sayımdan sonra intihar edecekti.

İntihar fikrinden sonra birden bire değişmişti Gülsen. Artık ağlamıyor, teselli verenlere "Gerek yok, benim için yorulmayın." diyordu. Çok aşırı neşeliydi. Şarkı söyleye söyleye temizlik yapıyordu. Sonra temizliği bırakıp mahkumlara kahkahalarla bir şeyler anlatıyor, mahkumlar onun bu neşeli halini, gelen mektuptan dolayı sevinçten olduğunu sanıyorlardı.

Nihayet sayım saati gelmişti:

— Sayıım. Haydi, hanımlar sayım var. Havalandırmaya inin.

Bazı mahkûmların dünyası kararmış haldeyken, bazıları da erkek gardiyanlara güzel görünebilmek için iyice süsleniyorlardı. Sevgiye, ilgiye hasret kalmış kadınlar dejenere olmuş gardiyanlarla bu hasretlerini gidermeye çalışıyorlardı.

Gardiyanlar teker tekar mahkûmları saydıktan sonra:

"Allah kurtarsın." diyerek kocaman kapıyı büyük bir gürültüyle mahkûmların üzerine kapatmışlardı.

"Allah kurtarsın." Sözleri hep söyleniyordu. Allah kendisini göstermediği ve de her şeyi bir sebeple yarattığı için, insanları kurtarma sebebi de onun kanunlarıydı... Onları kurtaracak kanunlar göndermişti. Ama insanların çoğu, kurtarıcı kanunları geri tepiyordu. Bu yüzden kimi içeride kimi dışarıda bedel ödüyordu.

İçki yüzünden dayak yiyen, sokağa atılan çocukları, içki içene verilen ceza ile kurtarıyordu. Zina eden, seksen sopa yemek şartıyla, zinaya alabildiğine kapılmaktan, toplumu bu illetten kurtarıyordu. Bilezikleri için elleri kesilecek olan kadını, hırsızın elini keserek kurtardığı gibi, birisine iftira edene de seksen sopa atılmak suretiyle Gülsen gibileri ve daha nice iftira edilenleri kurtarıyordu. Yalancı şahitlerinse ömür boyu şahitliğini kabul etmeme prensibiyle bağlantılı, hak kanun çıkaran İslam, böylece dürüst insanlara iftiranın ne kadar onur kırıcı olduğunu, dürüstlerin dokunulmazlığı olduğunu bildirmişti. Aç kalanlara devletin bakması gerektiğini bildirmişti İslam. Ama din işi devlete karışmaz, deyip Allah'ın yardımlarına sırt dönmüşlerdi insanlar.

Böylece, Allah kurtarsın, duası da peşinen reddedilmişti. Allah'ın kurtarması istenmiyordu. Bozuk düzende, laikliğin, yani dini devlete karıştırmayan laikliğin kendilerini kurtarmasını istiyordu bu insanlar. Durum böyle olunca, zalimin yanında mazlum da yanıyordu. Hem de öyle yanma ki, bu ateşe dayanamayacağı için, bu gün hayatına son verecekti Gülsen. Bu gün bitecekti ızdırabı.

Her şeye boşvermişcesine neşelenmişti.

— İkramiye abla, ver bi sigara da kafayı bulalım!

İkramiye şaşırmıştı:

— Ne oldu kız sana!.. Sigara elinden düşmüyor.

— Ne olacak, boşverdim abla!.. İdam edilmekmiş, iftiraymış bana vız geliyor artık, vız!..

Birden gözleri dolarak aklına babasının mektubu geldi. Yapmacık bir neşeyle gülerken, bir taraftan da gözüne engel olamıyordu.

— Hatta babamın mektubu da bana vız geliyor! Artık istediklerini yazsınlar... Aldırmıyorum...

Bunu söyleyip önüne baktı Gülsen.

— Gözlerimin gözü çıksın... Durun işte ne diye ağlıyorsunuz... Bari bir saat durun...

Ağlayarak hücre kapısına doğru gitti.

Arkasından baka kalmıştı mahkûmlar. Konuşmadan duramıyorlardı!

— Kıza bir şey oldu! Galiba kafayı bozuyor! Baksanıza birden bire acayip bir şekilde neşelendi! Dün idamı istenen bu gün böyle neşelenir mi?! Babası da çok üzücü mektup yazmış, yok canım kız oynattı!

Biraz gezinip gelen Gülsen'i konuşturup delirip delirmediğini anlayacaklardı.

Mahkûmlardan biri:

— Gülsen, gel canım, gel. Ne oldu canım sana.

Gülsen sert bir ses tonuyla cevap verdi:

— Hiç bir şey. Bir şey olmadı.

Gülsen kaderci teyzeye bakarak devam etti:

— Kaderimde gülmek varmış gülüyorum.

— Gülsen kızım! Aklını başına al! Sakın bir hata yapma!

Ne de olsa çocuk sayılırdı. İntihar niyetinin anlaşıldığını sanıyordu:

— Anladınız mı bana ne olduğunu?

— Anladık tabii...

— Yaa, demek anladınız. Bir şeyi bile beceremiyorum!

Meral akli dengesini bozma konusu zannederek sordu:

— Kız o iş senin elinde mi?

— Tabii ki elimde...

Gülsen ise intiharı kastediyordu.

— Olur mu kız! Senin elinde nasıl olsun?!

Gülsen bir noktaya bakarken cevap veriyordu:

— Görürsünüz.

Herkes olaylara kendi penceresinden bakıyordu.

Gülsen, bir alt kata bir üst kata inip çıkıyor, herkesle vedalaşıyordu.

Sonra şaşkın bir halde pencerenin önüne geçip koynundaki mektubu çıkartarak öptü.

— Olur muydu can babam! Canım babam bir sen vardın bana sevgi gösteren! Sen de kıydın bana, ben neden yaşıyayım ki?!..

Neden yaşadığını, milyonlarca genç gibi, Gülsen de bilmiyor, isyanına devam ediyordu:

— Madem ki her şey kaderdir... O halde intiharım da kader!

Sonra da aklına geldi. Bir mektup yazacak, koynuna bırakacaktı. Öldükten sonra da o mektup babasına postalanacaktı. Apartopar zarf kağıt istedi.

Telekız Aylin:

— Kızım az ye de kendine bir hizmetçi tut. Ne o kız, çaktırmadan bizi mi söğüşlüyorsun?!

Gülsen yalvarırcasına cevap verdi:

— Ne olur, ben onurlu biriyim! Ben arsız değilim! Yok da onun için yüzümü kızartıp istedim. Vermeyebilirsin, ama beni rencide etme! Bana ağır geliyor bu sözler!..

Ağlayarak Nurten'e gidip ondan zarf kağıt alıp ranzasına oturup yazmaya başladı. Hava kararmıştı. Bir anda elektriklerin kesilmesi mektubun yazılmasını engelleyince, intihar da o gecelik ertelenmiş oldu.

* * *

Ertesi günün gecesi mektubu yazıyordu Gülsen:

"Sevgili canım babacığım,

Mektubuma gözyaşlarımla başlıyorum.

Gönderdiğin acı ve öldürücü mektubunu okudum. Canımın içi babacığım, öyle mektup yazacağına, beni öldüreydin ya! Sen kara kızını nasıl böyle yaktın baba?! Ben senin evladın değil miydim?! Yapmamalıydın, beni yakmamalıydın canım babam! Şimdi, hemen bu gece intihar edeceğim. Bu mektubu sen okuduğunda belki ölülerin buzluğunda veya mezarda olacağım.

Biliyorum, benim için ağlarsın. Belki de vicdan azabı çekecek "Düşmez kalmaz bir Allah'tı. Neden yavrumu sahiplenmedim." diyeceksin ama iş işten geçmiş olacak. Mezarımı bile bulamayacaksın baba!..

Biliyorum, seni etkileyenler oldu. Onlarla da ahret ismindeki âlem gerçekten varsa orda görüşeceğim... Ben de cehenneme giderim herhalde. Sen, intihar eden cehennemliktir, derdin. Ama bana yaşatılan hayata dayanamadığım için intihara mecburum. Beni affet, demeyeceğim... Çünkü ben de seni affetmeyeceğim babacığım. İçim yanıyor ama yine de seni affetmeyeceğim.

Eğer ahrette, evladın da atası üzerinde bir hakkı varsa, beni karşınızda bulacaksınız. Yine de en az senden davacı olacağım. Benim idamım isteniyor, benim bir akrabam halimi sormuyor. Bu nasıl insanlık baba? Senin inandığın din böyle mi söylüyor? İslam bu mudur baba?!.. Eğer senin anlattığın İslamsa ne diyeceğimi bilemiyorum....

Ben bu gün öbür dünyada olacağım ama içimde de bir hüzün var baba? Hüzünden öte alev alev bir ateş var. Bakıyorum da idamla yargılanmaktan çok, senin mektubun yak-

mış beni! İnan ki babacığım her şeyi tartsam bile senin hasretini, sana olan özlem ve kırgınlığımı tartamam! Çok çok kırıldım. Ne olurdu iki güzel kileme yazaydın. Ama yazmadın, beni asıl sen idama mahkum ettin!.. Onların ipi boğazıma geçecekken, seninki ruhuma takıldı, beni ruhumdan astın babacığım! Beni sevmeyenlere de söyle rahat etsinler...

Gülsen mektubu katlayıp zarfına koydu. Adresi de yazarak ebedi yolculuğuna hazırlandı. Tam kalkacağı sırada sağır teyze gelmişti yanına.

— Selamun aleyküm kızım, nasılsın?

— İyiyim teyze sen nasılsın?

Ağız hareketlerinden tahmin etmişti sözleri.

— İyiyim iyi. Evladım yine gözlerin yaşlı. Mahkemen nasıl geçti?

— İdam istediler teyze.

Teyze yine ters duymuştu:

— İyi iyi çok güzel olmuş yavrum. Allah daha iyisini versin.

Gülsen sinirlenmişti:

— Sen ne diyorsun teyze? İdamın iyisi olur mu?

— Yarın mı gideceksin? Ne çabuk. İyi iyi benden de selam söyle.

— Teyze sen yanlış mı duyuyorsun anlayamıyorum! Ne demek istiyorsun?!..

— Olur kızım böyle şeyler olur...

Gülsen artık teyzeyi anlamaya başlamıştı. Mırıldanmıştı:

— Beni oyalama teyze, işim başımdan aşmış. Cehennem olası dünyadan gidiyorum, Allah'a şükürler olsun. Beni artık kimseler ağlatamayacak!..

Gizlice aldığı jiletle banyoya gitti. Banyoya gidip lambayı söndürüp bir köşeye oturmuştu.

Allah'a isyan etmesine rağmen, yine Allah'a sığınmadan ahrete gitmek istemiyordu. Gözleri yaşlı olduğu halde ellerini kaldırıp yalvarmaya başladı:

— Ey kainatın sahibi Allah! İşte bu rezil dünyadan gidiyorum. Allah'ım beni affet! Ben ölümü kendim istiyorum ama ne yapayım Allah'ım! Artık dayanamıyorum.

Bir ara durakladı:

— Ben şimdi öleceğim! Ya orası varsa?!.. Ya orada daha kötüler varsa. Ya oradaki azap çok daha beterse?!.. Ya pişman olursam?!.. Şimdi kolumu keseceğim, kan revan içinde kalacağım. Sonra öleceğim. Bu pis banyoda sabaha kadar kalacağım. Sonra beni alıp ölühaneye götürecekler. Buz gibi yerde donacağım. Sonra da, ailem cesedimi almazsa götürüp belki bir çukura atacaklar!..

Ya öbür dünya?.. Ya varsa?.. Ya orda daha mutsuz olursam?..

Gülsen bunları düşünüp durdukça ürperiyordu.

Birden bire intihar etmekten vazgeçti. Tekrar ağlayarak banyodan çıktı. Daracık asma merdiveni yorgun argın çıkmaya başladı.

— Geliyorum dünya. Bakalım beni daha ne kadar ağlatacaksın!..

* * *

Gülsen tekrar kaderiyle baş başa kalmıştı. Yine bir umudu vardı, gelecek mahkeme. Ablası şahitlik yaparsa kurtulacaktı.

* * *

Aylar sonra, Gülsen ikinci mahkemesine ait anılarını bir mahkûma şöyle anlatacaktır:

"... sonra ikinci mahkemeyi beklemeye başladım. Bu arada yavaş yavaş cezaevine, katillere, kötü yoldaki kadınlara, çocuk kanı içenlere, a'dan z'ye her şeye alışıyordum. Şok olmuyordum artık. Benim şoklarım o kadar büyüktü ki, dünyayı gözüm görmüyordu. Perişandım. Anasız babasız, yarsız kardeşsiz kalmıştım.

Bazı halden anlayan kadın mahkûmların da yardımı olmasa ne yapardım, bilemiyorum.

Nasıl anlatayım... Kısacası çok çile çekiyordum. Küfür duya duya artık küfürleri de yadırgamamaya başlamıştım. Ama ben küfür etmiyordum. Kendi küfürlerini görmeyen bazıları, benim doğulu lehçemle alay ediyor, biraz daha kibar konuşmam gerektiğini söylüyorlardı. Artık benim konuşmam güzel olsa ne, çirkin olsa ne... Aldırış etmedim...

Yaşadığım duyguları anlatacak kelime bulamıyorum... Nasıl anlatayım?!..

İkinci mahkeme günüm de gelmişti. Bir gardiyan vardı. Rüşvet almaz, fakir mahkûmla zengin mahkûm arasında ayırım yapmazdı. Bana moral veriyordu... Yine de teselli olamıyordum...

Yine o işkence günü gelmişti. Dört tekerlekli hücreye, ordan da yine Bakırköy Adliyesi'nin işkence mahzenine gitmiştim. Bu defa dört saat bekledikten sonra mahkemeye çıkartıldım.

Ablam, "Kocam beni boşar." diyerek şahitliği reddetmiş. Bunu bana söylediklerinde ne hâle gelmiştim, bilemezsiniz. Başım acâyip bir şekilde dönüyordu. Hakimin karşısında durup, idamla yargılanmayan hiç kimse bu durumumu anlayamaz.

Mahkeme yine iki ay sonraya ertelendi. Yığılıp kalmışım olduğum yere…

Yarı baygın tekrar cezaevine geldim. Her mahkemede başka bir umut çıkıyordu ve ben altı ayımı doldurmuştum ki, bir gün adımı çağırıp ziyaretçimin geldiğini söylediler.

Beni acayip bir titreme aldı;

"Kim olabilir acaba, beni kim hatırladı."

Büyük bir sevinçle ziyaret kabinine gittim. Bir de baktım ki, ablam, kızı ve teyzem gelmişler.

Bir an kanımın donduğunu hissettim.

Aylardan sonra, çektiğim çileden sonra nihayet gülecektim herhalde. Ablam gelmişti, teyzem gelmişti. Bu benim için bayramdı. Peki neden daha önce gelmediler, diye düşündüm; hemen bir tevil yaptım: Demek ki şimdi duydular, onun için hemen geldiler.

Bir an koşup ablama sarılmak, doyasıya öpmek istedim. Artık ben de insandan sayılacak, cezaevi garipliğinden kurtulacaktım! Bana da sahip çıkan vardı nihayetinde! Hemen mahkemeyi hatırladım. Yoo, duymuştu ve şahitlik yapmamıştı. O halde neden gelmiş olabilirdi?.. Tamam, onun da cevabını bulmuştum: Ablam pişman olmuştu. Oh, Allah'a şükürler olsun, önemli olan beni sevip özlemeleri... Birden ablamın sesiyle irkildim.

— Allah seni buradan çıkarmasın! Bizi rezil ettin! Kimsenin yüzüne bakamaz oldum!..

Birden bire yine şok olmuştum:

— Abla sen ne diyorsun?!

— Sus!.. Bir de inkara kalkışma! Bizim gibi namusuna düşkün insanları namussuz gösterdin! Kız o ne! Ellerle oynaşmayı nerden öğrendin! Nasıl becerdin bunları!

Birden irkildim, ürktüm. Bağırarak cevap verdim:

— Onların yazdığı yalan, yalaaan, yalan!

Hızla ziyaret kabininden ayrıldım. Elimde değildi, bir taraftan bağırıyordum. Ablamın beni duyması mümkün değildi ama yine de bağırıyordum:

— Defoluuuun, defolun! Allah sizin belanızı versin, inşaallah benden beter olursunuz!

Yanımdaki arkadaş, "Bu ne çirkin söz." diye beni ikaz ettiğinde artık ben insan kılığından çıkmıştım...

Ağladım, ağladım günlerce, haftalarca, yıllarca ağladım...

— Yaktın beni gazete! Öldürdün!.. Senin yüzünden hayatım mahvoldu!

"Âdeta çıldırmıştım. Sesimin çıktığı kadar yine bağırdım:

— Ey bu dünyayı kuran Allah! Ey gökleri direksiz diken, her şeye gücü yeten Allah! Aleyhimde yazan gazetecilere, benimle helalleşmezlerse burunlarından getir! Onlara bu çektiğim çileleri ödet Allah'ım! Ödeet!..

Şu anda onlara senden başka kimse ceza veremez! Kimse ceza vermeyince de benim ahım karşılıksız kalır! Karşılıksız koyma Allah'ım!

Artık her günüm aleyhimde yazan gazetecilere böyle beddua ederek geçiyordu... Görüş kabininden döndüğümde karar vermiştim: Artık, kimsem yok, diyecektim. Nerelisin diyenlere de Erzurumluyum, diyecek, başka bir şey söylemeyecektim.

Her şeyi bitirmiştim artık! Anamı babamı bütün sülalemi öldürmüş, kör olası dünyada yapayalnız kalmıştım!..

Evet, şimdi kimsesiz olduğumu daha iyi anlamış, bu defa daha başka türlü ağlıyordum. Gözyaşlarım bile yalnız ve sessiz akıyordu...

Ya ismim?.. Mademki babam bile beni evine kabul edemeyecekmiş... evlatlıktan reddetmese bile etmiş gibiymiş.... Abla ve ağabeylerim benden utanıyormuş... öyleyse onların tanıdığı, onlardan bende kalan tek şey olan, kulağıma ezan okunarak konan, geçmişimi bana hatırlatan bu ismi ne yapacaktım?! Bana ıstırap vermekten başka ne işe yarayacaktı? Hem, bunca zulme rağmen beni tanıyanları, yüz karası kabul ettikleri beni onlardan iyice ayıracak, ismimi değiştirecektim. Düşündüm, ben artık bir gölgeden, bir Hülya'dan başka bir şey olmadığıma göre, Hülya olacaktım. Evet, adımı değiştirdim. Ben Hülya!..

* * *

"Altı ay geçmesine rağmen, cezaevinde iki şeye alışamıyordum.

Birincisi her gece beynime vuran kapının kapanış sesi... Aman Allah'ım, ben nasıl çıldırmam; o ses, o ses bir bomba sesinden kesinlikle daha çok stres veren bir ses! Beyin tellerim kopuyormuş gibi geliyordu bana! Ne olurdu biraz daha yavaş örtselerdi?.. Bu kilitler... Neden bu kadar büyük yapılıyordu ki?.. Bizim psikolojik cezamız yetmiyor muydu?..

Kime söyleseydik? Gardiyanlara bir şey söylediğimiz zaman "Ne yapalım biz de emir kuluyuz." diyorlardı. Peki herkes bunu söyleyince biz kime gidebilirdik ki!

Yılan sesi, köpek sesi, dağlarda ne kadar hayvan varsa hiçbirinin sesi, bu kapının sesi kadar beni çıldırtan sesler olamazlardı.

Şu küstah kapı!.. Sanki her gün kasten sesli kapanıyordu, mahkûmluğumuzu unutmayalım diye! Sanki unutmamız mümkün müydü ki bize sûni hatırlatmalar yapılıyordu?!..

Bir yandan her ay mahkemeye gitmek, ya da iki ayda bir gitmek, şahitleri beklemek... Katilin çıkıp gelmesini ummak, beni halden hallere sokuyordu...

Hele o savcının sesi yok mu? "Bu kadın idam edilmeli!.." demesi yok muydu!.. Aman Allah'ım. Neden bu savcının diline felç inmiyordu ki!

"Ellerin hizmetçisi olmuştum...

Bu ay çıkarım, olmadı bu ay çıkarım... diye diye. Tam üç yılı daha geride bırakmıştım! Artık o terbiyeli kız ben değildim. Ben çoktan gitmiş, yerine başka birisini oturtmuştum. Çok büyüklerinden değilse de küfretmeye başlamış, artık mini etek bile giyer olmuştum.

Sanmayın ki ben alıyordum, hayır, hep eller eskisini bana veriyor, ben de onu bir yıl kadar saklıyordum.

"Neden mi saklıyordum, işte bunu kimsenin anlaması mümkün değil. Birisi etek buluz veriyor, sen onu bir yıl hiç giymiyor bir yıl sonra giyiyorsun?.. Bunun sebebi şuydu: Bana eteği kim verdi, diyelim ki Nalan verdi. Nalan'ın üstünde o eteği herkes görmüştür diye, bütün mahkumların sevke gitmesini bekliyordum. Ben zaten sevke gidemiyordum, mahkemem bitmeden sevke gitmem mümkün değildi. Ellerin eskisiyle giyiniyordum. Bu da benim onurumu zedeliyordu. Yürekten yaralanıyordum. Ama yine gülmeye, dış âlemimde neşeli görünmeye devam ediyordum.

"Üç yıl... Evet, kocaman bir üç yıl bitmişti. Her mahkeme öncesinde "bu son mahkemem." diyordum, bir türlü son olmuyordu. Artık umudumu yitirmiştim. Zira Asliye Hukuk beni Birinci Ağır Ceza Mahkemesi'ne sevk etmişti. Yetmemişti verilen ceza; daha ağırına sevk ediliyordum! Ölememiştim bir türlü...

Beterin beteri vardır, diyorlardı hep...

Kader diyorlardı... Artık kaderime iyice küsmüş, tam bir âsi olmuştum. İçten içe Allah'tan korksam da, dıştan hep isyan ediyordum. Bütün bu isyanlarıma rağmen, radyoda bir Kur'an okunduğunu duysam, içten içe ağlardım. Allah'a inandığım belli olmasın diye gizli gizli ağlardım. İşte asıl yalnızlık buydu. Allah'ı bile anamıyordum. Çünkü başıma gelen her şeyin ondan geldiği söylene söylene içimde kopuş başlamıştı. Yanlış telkinleri anlayacak bilgim yoktu.

Bizi bu hallere koyanlar... Dini gerici gösterip, bütün suçu dine yükleyenler... Acaba benim feryadımı duyacak mısınız?!..

* * *

Gülsen, ablasının ziyaretinden sonra o haklı üzüntü ve kırgınlığı içinde, ismini "Hülya" olarak değiştirmişti. O günden sonra, ismini soran herkese, "Hülya" cevabını verdi.

Üç yıl sonra, Hülya'nın hayatında çok değişmeler olmuştu.

Birincisi, o masum hali gitmiş, isyancı bir genç kız gelmişti.

İnadına daha çok açılıyor, dindar, ailesinden bilinçaltı intikam alıyordu. Onu azarlayanlara baş kaldırıyor, bire on cevap veriyordu. Askılı bir atlet ve süper mini etekle geziyor, mahkemeye de öyle gidiyordu ki, gazetede resmi çıksın, ailesi de görsün istiyordu.

Zaten cezaevi bir değirmene benziyordu: Bir yerden sağlam olarak bu değirmene girenler, paramparça, başka biri olarak çıkıyordu. Çok kişilikli olanlar hariç tabii.

Nice mahkûmlar gelip geçmişti Hülya'dan sonra... Hülya, insanlara karşı merhametini de kaybediyordu. Değil mi ki, biricik babası, annesi onu terk ediyordu. Bu demek oluyordu ki dünyada iyi insan yoktu. Bu yüzden de kimseye acımak gerekmiyordu.

Bu dönemde, Emine Sema Güler'le de görüşmeye başlamıştı. Sema da düzenin kurbanıydı. Düzen ya kendi suç işliyor, ya da insanlara suç işlemeleri için teşvikte bulunuyor, sonuçta buraları dolduruyordu.

Sema da düzenin sillesini yiyenlerden biriydi. Hülya bunu anlıyordu ama Sema'ya yaklaşıp, "Neden idamla yargılanıyorsun?" bile diyemiyordu.

Bir gün umulmadık bir umut çığlığı duydu Hülya:

— Kızlar, bu gece af çıkıyor... Haydi hazırlanın!

Birden bütün gözler haberi getiren kadın mahkûma dönmüştü.

— Kızlar! Avukatımla konuştum. Dün bir milletvekilini görmüş. Milletvekili ona: "Kimseye söyleme, yarın gece af çıkacak." demiş. Avukatım da bana müjde verdi!..

Bu haber mahkûmları bir anda ayağa dikmişti. Hülya çok sevinmişti. Ama birden sevinci kursağında kalıverdi: "Ben neden seviniyorum ki, buradan çıkmış olsam nereye gideceğim?" diye düşündü acı acı...

Herkes haberi getiren kadın mahkûmun başına toplanırken, Hülya hücreye gitmiş sadece ağlıyordu.

"Ah yalan dünya... Milyonlarca insan içinde bana bir kimse bırakmadın!"

Bu arada alt koğuştan gelen türkü sesi Hülya'yı daha derinden ağlatıyordu:

"Adaletin bu mu dünya
Ne mal verdin ne yar dünya,
Kötülerinsin sen dünya,
İyileri öldüren dünya."

* * *

Af çıkacağı haberi, herkesten çok Melek'i etkilemişti. Birden gözlerini açmış, avazının çıktığı kadar bağırıyordu:

— Seda... Yavrum, Sedaaam! Sedam sana kavuşuyorum Sedam!... Yavrum, o minik ellerini öpeceğim, az kaldı yavrum! Canım, canım Sedam! Bekle yavrum bu geceyi bekle, kavuşuyoruz!

Melek çıldırmış gibiydi sevincinden, koğuşta dört dönüyor, devamlı aynı şeyi söylüyordu:

— Hanımlar! Ben Sedam'a kavuşuyorum... Minicik yavrum, canım, her şeyim!

Hülya hücreden geldiğinde gözleri şişmişti. Ama Melek'in hali de çok dikkatini çekiyordu.

Gözlerini silerek çağırdı;

— Melek abla! Gel benim evime de biraz konuşalım.

Melek, Hülya'nın ranzasına geldiği halde, oturamıyordu. Hülya sordu:

— Melek abla! Ben seni çok merak ediyorum. Sen neden buradasın?

Sorma Hülya, bana hiçbir şey sorma. Zerre kadar suçum yokken beni yavrumdan ayırdılar. Her şeye dayanırım ama yavrumun hasretine dayanamıyorum! Çok şükür ki bu gece çıkıyoruz. Seda'mı bir kez koklasam da ölsem gam yemem! Beni oyalama Hülya kardeş, gidip eşyalarımı hazırlayayım. Seda'ma bir yelek örüyordum. Bitmesine az kaldı, bu gece onu bitireyim.

Hülya, Melek'in durumuna çok üzüldüğü için, geçmişte olmuş, bir olayı anlatmak istiyordu.

— Bak Melek abla, sana bir şey anlatacağım. Benimle gel de sana bir şey göstereyim.

Beraberce asma merdivenden karanlık hamama girip ışığı yaktılar.

Hülya, hamamın öteki kenarına götürdü Melek'i.

— Bak Melek abla, şu ipi görüyor musun?

— Gördüm ne var?

— Gördüysen tamam... Gel, şimdi sana bu ipin hikâyesini anlatayım.

Beraberce geri dönüp merdivenleri çıkarken, Hülya bir taraftan anlatmaya başlamıştı:

— Yugoslavyalı bir mahkûm kadın varmış. 1974 yılında af çıktığı zaman, bir günlük fark nedeniyle aftan yararlanamamış. Bunu anladığı gün o gördüğün iple kendisini asmış. Sekiz yıldır o kesik ip orda duruyor!.. Sakın kendini kaptırma. Ben geleli beri mahkûmlar sık sık af hikayesi uydururlar. Bu gece af çıkmayabilir. Kendini şartlandırma.

Melek gözleri ıslak ıslak Hülya'ya bakarak hayretini belirtiyordu:

— Olur mu öyle şey! Avukat, milletvekiliyle konuşmuş. Beni oyalama Hülya. Gidip yavrumun yeleğini bitireyim. Onu öpe öpe uyuyacağım yarın gece...

Herkeste bir bayram sevinci vardı.

Bavullar hazırlanmıştı... Kimi de sevincinden oynuyor, şarkılar söylüyordu...

— Bu gece son gecemiz!.

Herkes kendi dünyasını konuşuyordu:

— Kocama ne güzel sürpriz olacak, Allah bilir ne kadar çok sevinecek!..

— Ya benim çocuklarım!..

— Acaba benim sevgilim ne yapar?!..

— Kim bilir ne manitalar bulmuşlardır kızım! Hiç güvenmeyin erkek milletine! Daha önceki hafta kadınlar evlerine gittiklerinde ne bulmuşlar biliyor musunuz?

Kulağı sağır olan teyze kendi kendine konuşuyordu.

— Kızlar cezaevi yıkılacak, bizi de bırakacaklarmış. Ama ben gitmem!

Gözleri dolu dolu etrafına bakınıp devam etti:

— Nereye gideyim ki? Kimim kimsem yok! Siz gidin... Ben cezaevi yapılırken kum, çakıl taşır, beklerim.

* * *

Herkes pür dikkat bekliyordu...

Kimisi bavulunu kapının ağzına koyduğundan azar işitiyordu:

— Ayakaltından alın şu bavulunuzu!

Koğuşta alt üst olmuştu her şey. Kim ne söylüyor, ne düşünüyor belli değildi. Üstkattan da aynı şekilde gürültü geliyordu.

Kimi de dua ediyordu:

— Allah başbakan Ecevit'ten razı olsun!

Tabiiki Başbakan Allah rızası için iş yaparsa Allah ondan razı olurdu. Ya onun aklında Allah hiç yoksa ve de o, Allah'ın isteklerini değil de, Amerika'nın isteklerini yaparsa Allah ondan razı olur muydu?!

* * *

Nihayet gecenin yarısı olmuştu. Herkes dış kapının açılmasını "haydi kadınlar af çıktı" denmesini bekliyordu.

Saat yarımı gösterirken, Feride Çakır bilgi veriyordu:

— Arkadaşlar! Af çıkınca gecenin ikisinde, üçünde haber veriliyor. Ben yetmiş dört affında buradaydım. O zaman öyle olmuştu.

Melek:

— Haa öyle mi? Ben de, acaba neden geç kaldılar, diyordum. Demek ki adetmiş bu...

Kimi ranzasına, kimi de merdiven başına oturmuş hiç konuşmadan bekliyorlardı.

Saat gecenin iki buçuğu olmuştu.

Birden dış kapının büyük bir gürültüyle açıldığını gördüler. Birden alt koğuşta sevinç çığlıkları atılmıştı. Kimi ağlıyor, kimi bağırıyor, kimi dua ediyordu.

Gardiyan havalandırmadan mahkûmlara doğru geliyordu:

— Hanımlar!

Birden bire ölüm sessizliği çökmüştü ortalığa. Nerdeyse kimse nefes almıyordu.

İçerden gardiyanın yüzüne ışık vurduğundan, onun yüz hatlarını inceliyorlardı. Sevinçli miydi, ne diyordu yüz hatları?..

Heyecan doruktayken, durumu bildiren cümleler gardiyanın ağzından dökülüyordu:

— Hanımlar, af çıkmıyor. Boşuna uykunuzdan olmayın...

Gökkubbe göklüğünden çıkmış, kapkara olmuş haliyle mahkumların tepesine çullanmıştı âdeta.

Onlar umutlarından olmuşlardı, o an sanki dünyadaki bütün ışıklar sönmüştü... Uyku kimin umurundaydı!..

Birden iç paralayıcı bir çığlık koptu. Bu çığlığın sahibi Melek'ti. En aklı başındayken söylediği söz:

— Yavruuuum! İşte şimdi birbirimizden koptuk yavruuum!..

Bu kelime Melek için son kelime oldu. Hülya yanına koştuğunda iş işten geçmiş, Melek aklını oynatmış, Melek delirmişti...

Birdenbire şarkı söylemeye başlayan Melek daha sonra da mahkûmlara saldırıyordu artık.

— Domuzlar! Verin benim Sedamı! Onu benden siz aldınız! Siz çaldınız!..

Sonra da gülmeye başlayan Melek bu defa başka şeyler söylemekteydi:

— Yok yok, onu ben çaldım. Ben onu yedim!..

Vah Melek vah!.. Şaşırdın mı kime domuz diyeceğini! Tabiî ki şaşırırsın, kimin domuz, kimin domuzdan beter olduğunu bu aklınla nasıl anlayacaksın?!

Bütün mahkûmlar şok yaşıyor Melek'le pek ilgilenen olmuyordu.

Hülya gözyaşları içinde Meleğ'e sarılarak teselli veriyordu:

— Gel ablam, sakin ol! İnşaallah çıkarsın bir gün. Ne olur kendini salma!

Melek acı acı kahkaha atarak karşılık verdi:

— Git başımdan kızım! Sen zaten benim düşmanımsın.

Hülya birden şaşırmıştı...

Neden şaşırıyorsun Hülyam. Dostunu düşmanını akıllı insanlar tanır. Onun aklı yok ki senin dost olduğunu bilsin!.. Bizim akıllılar bile hâlâ dostlarına düşman, düşmanlarına dost gözüyle bakıyorlar...

* * *

Hülya sayısını bile unuttuğu mahkemeden yeni gelmiş, temizlik yapıyordu. Garipliğinin yerine, tam tersi biri gelmişti ama her şeye rağmen Hülya, içindeki Hülya'dan kurtulamıyor, onu bırakamıyordu. Atalarımızın "Asluhu nesluhu" sözünü doğruluyordu.

Temizliğini bitirip ranzasına oturdu. Şimdi cezaevinde geçen yıllarını düşünüyordu:

Bir gün hastalanmış, hastaneye gitmişti Hülya. Sıra beklerken bir yere sırtını dayamıştı. Dayandığı yerin neresi olduğunu bilmiyordu. Gardiyanla konuşurken birden bir ayağın parmağına takıldı gözleri. Parmağa bir etiket takılmış, "Bu ölü tahliyedir." Yazıyordu. Hülya meğer bir ölüye dayanmış, bunu sonradan fark etmişti. Korkudan çığlık atacağı anda aklı başına gelip kendi kendine söylenir:

"Aman serseri Hülya, sen asıl diriden kork, zavallı ölüden neden korkuyorsun?!.."

Hele Nazlı Ilıcak'ın geldiği günü hiç unutmuyordu Hülya. Ilıcak'ın gazetesi yakmıştı onu. Nazlı Ilıcak'ın kendi bedduasıyla cezaevine geldiğine inanarak mutlu oluyor, ama bu kadar ceza intikamına yetmiyor, sadece "dilerim Allah'tan sen de, o yazıyı yazan da sürünsün Nazlı!..." diye söyleniyordu.

Bir defasında ara bölmede Nazlı'ya rastlamıştı.

"İkimiz de aynı havayı teneffüs ediyoruz, görüyorsun ya," demiş.

Bu cümleyle çok şeyler söylediğine inanmıştı.

Gülden Karaböcek'i de unutmuyordu. Artistler, şarkıcılar geldikçe, cezaevini daha yüksek tabakada görmeye çalışıyordu.

Hele Melek Ayberk'in gelişi, ona hayret veriyordu. O güzellik nasıl gitmişti. Güzellik yarışmasında birinci gelen Ayberk'ti bu. Eroin onu mahvetmişti. Ayberk'e bakarken hayretler içinde ağzı açık kalmıştı. O şaşkınlığını da unutmuyordu.

Geçmişi düşünürken, o deprem gecesini hatırlamamak mümkün müydü?

Deprem gecesi müthiş olmuştu. Hastanedeydi. Üst kattaki mahkûmlar zincire vurulmuş, alt kattaki kadın mahkûmlar ise ne yapacağını bilmez halde bağırıyorlardı. Hülya'nın unutamadığı gariplik, askerlerin bahçeye geçip ordan silahlarını mahkûmlara çevirmesiydi. Bunu unutamıyordu. Cezaevi yıkılır diye tedbir almışlardı. Can havliyle bu düşünce Hülya'yı çok derinden sarmıştı. Bu arada hemşirelerin uzaklardan ona seslendiğini duymuştu:

— Hülya, sakın korkma biz buradayız.

Hemşirelerin ve hekimin kendisine candan davranışlarını unutamıyordu. Onlar Hülya'nın hem anne babası, hem de akrabaları olmuşlardı.

Sema Güler'in annesini de unutmuyordu... Emine Sema Güler'in annesi, her gelişinde Hülya ile görüşüyor, ona eksikleri olup olmadığını soruyordu.

Ya doktoru "Sen hamilesin" deyişini de unutmuyordu...

— Ben nasıl hamile olabilirim?!.. diye gece gündüz gözyaşı döktüğünü unutur muydu Hülya.

Bu hayallerinden kantin sesiyle sıyrıldı.

— Kantiiin... Patates var.

Hemen kantinin yanına giden Hülya patateslerin hepsi bittikten sonra satıcıdan rica etti:

— Ağabey, senden rica etsem, patateslerden dökülen toprağı bana verir misin?

— Ne yapacaksın bir avuç toprağı?

— Toprağı çok özledim abi! Üzerine su döküp koklayacağım. Toprağın kokusunu özledim!

Patates satan görevli hüzünle Hülya'ya baktı. Hülya ise, nemlenmiş gözlerini toprağa dikmişti.

Cezaevinde toprağın değeri daha güzel anlaşılıyordu.

* * *

Hüzünlü geçiyordu yıllar. Koca dünyada yalnızdı Hülya!..

"Beni yaktınız yıllar... Beni yaktınız gazeteciler!" diyip tenha yerlerde ağlamasını sürdürüyordu.

Bu arada yaşlı bir Roman kadın gelmişti.

Hülya, bu yaşlı kadın neden gelmiş olabilir, diye düşündü.

Sormadan edemedi. Hırsızlık suçundan geldiğini öğrenince şaşırmıştı.

Birden kadının kendisine baktığını görünce başka tarafa bakmaya başlamıştı. Fakat kadın onu çağırmıştı bile:

— Gel kızım buraya. Koca cezaevinde senden başka kimseler yok mu? Neden temizliği sen yapıyorsun? Sana bu yaşta yazık değil mi?

— Ne yapayım, buna mecburum!

— Senin kimsen yok mu?

Hülya buz gibi olmuştu. İsmini değiştirip Hülya yaptığı günden beri, kim sorarsa sorsun, "Kimsem yok." diyordu.

Kadın tekrar sormadan edemedi:

— Annen de mi yok?!

— Hayır yok!

— Kızım, baban?

Gözleri dolmuştu Hülya'nın.

— Babam da yok!

— Amca, dayı, ne bileyim uzak bir akraban?

— Hiç birisi yok! Kızım sen ağaçtan çıkmadın ya. Elbet seni doğuran birsi vardır!..

— Vardı, öldüler!

— Kızım, seni kaç kişi doğurdu da öldüler diyorsun?

— Benim bildiğim bana yakın kim varsa hepsi öldü!

— Senin adın ne?

— Hülya.

Gülsen ismini kullandığı zamanı düşündü. Birden intikam alırcasına:

— Hülya, dedi. Ben koydum.

— Neyi sen koydun?

— Kendi ismimi ben koydum.

Kadın hepten şaşırmıştı:

— Kızım seni doğuran ya da büyütenler neden sana bir isim koymamışlar, isim mi bulamamışlar? İnsan kendisine nasıl isim koyar?

— Amaaan teyze boşver! Hikâyesi çok uzun. Peki senin ismin e?

— Nadire Karaman.

— Ay teyze, sen iyi insansın! Senin için hırsızlık yaptı, diyorlar. Ben inanmadım, doğru mu?

Olgun bir kadın edasıyla cevap verdi Nadire Hanım:

— Bizim alın yazımızda ekmeğimizi böyle kazanmak varmış..

Hülya artık isyan ettiği alın yazısını çok farklı tanıyordu. İsyanını belirtikten sonra temizliğine devam eti.

Nadire hanım Hülya'ya çok acımıştı.

Hülya temizliği bitirip ranzasına giderken, Nadire onu tekrar yanına çağırdı:

— Gül kızım. Bak sana ne diyeceğim, benim de senin gibi kızlarım var. Gel seninle birlikte yemek yiyelim. Ben sana çok güzel bakarım.

Hülya aç kaldığı günleri düşündü. Temizlik iş kendisinden alınca yine aç kalabilirdi. Sonunda kabul ederek Nadire hanımın yanında kalmaya, onunla yemek arkadaşı olmaya, onunla yemeye başlamıştı.

Nadire ona kızı gibi bakıyordu. İkide bir sarılıyor, "Yavrum sana nasıl kıydılar?" diyordu ikidebir.

Hülya artık rahattı. Ekmek elden su gölden geliyordu.

Günler, haftalar Hülya için biraz daha iyi geçiyordu. Artık bir annesi vardı. Nadire Hanım da, gerçekten Hülya'nın annesi babası yok sanıyor, durum böyle olunca da onu gözünden bile koruyordu.

Nadire Hanım'la Hülya'nın bu kadar samimi olduklarını gören gardiyan Nurten endişeliydi. Hülya'yı çağırıp ikaz etti:

— Bana bak manyak! O kadın bir Çingen ve hırsızdır. Oğlu, kızı çalıyor sen yiyorsun!

Hülya bu ikaza çok sinirlenmişti:! Benim annem artık o. Anneme dil uzatmayın. Hırsızlığa gelince, verseydiniz de hırsızlık malı yemeseydim. Boyalarınıza verdiğiniz paranın yarısını bana verseydiniz yeterdi. Ama vermediniz... Yıllardır şu cezaevinde sürünüyorum! Gençliğim çürüdü, milletin pisliğini temizlemekten her şeyimi kaybettim! O zaman görmediniz de şimdi mi görüyorsunuz beni?!

Hülya anne kabul ettiği kadına laf söyletmiyordu.

Tekrar ranzasına gelip oturmuş, kara kara düşünüyordu:

— Eskiden Çingene denince ürperirdim. Meğer insanlar hep aynı. Ah, bir de çalmasalar!..

* * *

Hülya, sofrayı hazırlamış, cezaevi annesiyle beraber yemek yiyorlardı. Cezaevi şartlarına göre pek lükstü sofraları.

Birden bire ağzına giden lokmayı düşündü.

— Kim bilir kimin cebinden çaldılar?!.. Hangi garibandan çıktı bu para! Kim bilir, belki sadece o günkü parası vardı garibanın! Ya emeklilik parasıysa, adamın bir ömür boyu çalışıp kazandığını bunlar çalmışlarsa?!..

Vicdanı ile kendi şartları arasında mücadele ediyordu. Birden aklına geldi, mademki her şey kaderdi, öyleyse bu da aynı yerden yazılıyordu. Kendisinin suçu ne olabilirdi!

Kendisini aldatarak yemek yemeğe devam etti. Yine de rahat değildi.

Çocukluk yıllarını düşündü. Hırsızlık günah diye komşunun kirazından bile çalmamıştı. Şimdi burada hırsızlık parasıyla ekmek yiyordu.

Nadire Hanım'a bir şey söylemeden Hülya doğruca banyoya gidip iyice ağlamış, kendisine sahip çıkmayanlar için de beddua ederek içini döküyordu:

— Ya rabbi! Eğer benim günahım varsa, beni hemen felç et! Yok eğer bizimkilerin günahı varsa, bana yaptıklarına pişman olmadan, gelip mezarımdan özür dilemeden onları affetme.

* * *

Hülya mahkûmlar arasında şuursuzca dolaşıyor, kendi kendine konuşuyordu.

Birden Hacer'i fark etti. Bunca kalabalık mahkûm içinde onunla hiç konuşmamıştı. Ah Sağmalcılar ah! Bu kadar insanı konserve gibi sıkıştırmak zorunda mıydın?

Hülya, biraz da vakit geçsin istiyordu. Düşünceleri hortum olmuş onu yutuyordu. Huzursuzluğunu unutmak, kendisi dışındaki dertlerle muhatap olmak istiyordu.

Hacer'e sordu:

— Sahi Hacer abla, senin suçun neydi?

— Benim suçum kocamın fuhuşuna tahammül edememek. Ben Giresun Bulancak'tanım. Bir gün işten eve erken geldim ki, aman Allah'ım ne göreyim: Kocamla bir kadın benim yatağımdalar! Silahı aldığım gibi ikisini de geberttim! Yirmi dört yıl yedim.

Hülya hayretle sordu:

— Ay sen iki kişiyi öldürdün, yirmi dört yıl aldın, öyle mi?! Oysa ben kimseyi öldürmedim, aleyhimde delil olarak buldukları şey, not defterimdeki şiir. Buna rağmen ben idamla yargılanıyorum, bu ne iş!

— Ne yani, beni de mi idam etselerdi?!

— Hayır, ben öyle bir şey ister miyim? Ben öldürmediğim halde idamla yargılanırken, senı neden idamla yargılamadılar?

— Aslında beni de idamla yargıladılar. Ama sonra yirmi dört yıl lutfettiler!..

— Bu kanunları anlamıyorum?! Hülya karar gününü düşünerek sordu:

— Abla, karar günü nasıl bildiriyorlar cezayı?

Hacer derin bir nefes alarak cevap verdi:

— Sorma kardeşim, sorma! O günümü anlatamam. Hakimin kalın sesiyle irkildim: "Hacer Karamanoğlu, kararı açıklıyoruz, bir diyeceğin var mı?" dedi. "Yok, dedim. Adaletin vereceği kararın adil ve yerinde olacağına inanıyorum..." Kör olsun böyle adalet! Aklımca bana ceza vermeyecekler! Adalet ya... Ee, adalet nasıl olur, adaletli olur.... Fakat adaleti yokmuş bu adaletin. Boşu boşuna güvenmişim. 36 yıldan, iyi halim de gözönünde bulundurularak yirmi dört yıla indiler. Ama bir erkek kendi yatağında karısını bir erkekle görse de onu öldürse, asla bu cezayı almıyor!..

Bu konuşmaları dinleyen Gül Hortoğlu birden alev sıçramış barut gibi ayağa kalktı:

— Siz ne söylüyorsunuz Allah aşkına! Beni görmüyor musunuz?! Hiç suçum yokken, hem de zerre kadar yokken on sekiz yıl ceza aldım! Sarası tutan kumam üzerime atıldı. Benim yakamı paçamı yoldu. Ölüyü adli tıp'a götürüyorlar. Onun tırnak aralarından benim derimin kalıntıları çıkınca bana on sekiz yıl verdiler. Allah'tan paramız vardı da avukatlar tuttuk. Yoksa idam vereceklerdi!..

Hülya, bunları dinlerken kendi mahkemesinin sonunu düşünüyordu.

Akrabalarını zaten unutmuştu. Her sorana "Öldüler" diye diye, gerçekten öldüklerine kendisi de inanmıştı... Çünkü, Hülya'nın psikolojisi artık bozulmuştu.

Hayata küs, kadere küs derken tam küskün, kırgın bir genç kadın olmuştu. On yedisine girmeden, âdeta yetmiş yıllık hayatı tek başına yaşamıştı.

Dertliydi...

Âsiydi...

Çaresizdi...

Birden Nadire hanımın sesiyle irkildi Hülya. Hemen yanına gitti.

— Söyle annem.

— Beni neden terk ediyorsun kızım?! Biliyorsun şişmanım, kımıldayacak halim yok. Gel bir çay al da beraber içelim.

— Hemen annem.

Hülya çayı getirdiğinde, Nadire hanım onu dizine yatırıp saçlarını okşayarak konuşuyordu:

— Yavrum, seni kızım gibi severim, bilirsin. Sakın bir yanlış yapma...

Bu sevecen kadın, yine sevimli ifadesiyle sordu:

— Kızım, sen buradan çıkınca, nereye gideceksin?

— Gidecek yerim yok anne...

Nadire başkalarının parasını çalarken, ağlattığı kişilere acımıyordu ama Hülya'ya çok acıyordu. Bu merhametli kadın Hülya için gözyaşları döküyor, Hülya da buna bir anlam veremiyordu.

Nadire:

— Demek gidecek yerin yok?!..

— Aman anne, sen bilmiyor musun olmadığını?!

— Öyleyse gel seni oğluma alayım...

Hülya bir anda şaşırıp kalmıştı.

— Beni mi, nasıl olur annem?

— Neden olmasın?? Oğlum temiz çocuktur...

— Ama anne, ben hırsızlığa mı çıkacağım?!

— Seni hırsızlığa çıkarır mıyız yavrum. Biz sana bakarız...

* * *

Hülya bu mahkemede çıkacağından emindi. Ama nereye gidecekti? Çingeneyle evlenirse ne olurdu? Birden aklına gelmişti. Sülalesinden ancak bunu yaparsa intikam alabilirdi! Zaten gidecek yeri de yoktu!..

Günlerdir hep aynı teklifi düşünmekteydi.

Birkaç gün sonra Nadire hanımın yanına giden Hülya, üzgün, bitkin ve perişan olarak kararını açıkladı:

— Tamam anne... Senin gelinin olacağım. Zaten başka çarem de yok!..

Hülya kabul etmesine rağmen uykuları kaçmıştı. Rüyalarında çadırda yaşadığını ve hırsızlık yaptığını görüyor, son derece üzülüyordu.

Nadire hanım da çok candan, çok içten davranıyor, yemiyor, Hülya'ya yediriyordu.

Hülya hepten şaşkın, ama cezaevi kültürünü tam olarak almış bir mahkûmdu.

İsyancıydı; artık kimseyi dinlemiyor, kimse onu azarlayamıyordu. Kin, nefret küpüydü artık. Kimsem yok, demeye de devam ediyordu. Anne ve babasının yaşadığını bilen mahkûmlar dedikodu yapıyorlardı: "Birileri para versin, acısınlar diye annem babam yok, diyor." diye konuşuyorlardı.

Nerden bilselerdi ki Hülya'nın ta içten ailesine kırgın olduğunu!.. Hülya'nın dünyası kararmıştı. Ama kimse kimsenin neyi ne için söylediğini bilemezdi ki...

Artık Hülya'nın son mahkemesine gelinmişti. Bir gün sonra mahkemesi vardı. Daha sonra gazetelere "Güzel Sekreter Gülsen." diye geçmeye başlayan Hülya, idamla yargılanmaya devam ediyordu.

Yıl 1978—1983 geçiş yapıyordu. İşte beş yıl sonra son mahkemesi olacaktı.

Hülya'yı heyecan kaplamıştı. Koğuşta aşağı yukarı geziniyordu...

Bu heyecanını gören Aliye, Hülya'yı kendi ranzasına davet etmişti.

— Gül benim talihsiz kızım, gel. Yarın son mahkemen varmış öyle mi?

— Evet abla, son. Yıllarca kan kustuktan sonra yarın bitiriyorlar. Yıllarımı kim geri verecek? Bu nasıl şey abla, hâlâ alışamadım, hiç suçu olmayan insanı nasıl beş yıl yatırırlar?! Yarın salıverecekler ama ne işe yarar!.. Ben bittim be abla!

— Yarın çıkacağından emin misin Hülya?

— Tabii abla. Ne deyip te beni tutuklayacaklar ki!

— Bunlara hiç belli olmaz yavrum. Hiç ummadığın bir şeyler de çıkabilir.

— Yok abla artık son. Korkma.

— Peki o halde neden endişelisin?

— Ben mi?

— Yok ben! Tabii ki sen, kendini görmüyorsun. İdama gider gibisin. Bunun sebebi nedir?

— Aliye abla, iki ateş arasındayım. Ceza aldığım zaman içerde, çıktığım zaman da dışarıda yanacağım!.. Çıkar çıkmaz Çingene ile evlenmek zorundayım. Ailem beni kabul etseydi, doğruca aileme giderdim ama kabul etmediler, beni çadıra mecbur ettiler! Nadire annem, annem gibi kokmuyor, ama annem gibi seviyorum. Yine de korkuyorum. Herkes bana "Seni çadıra götürürler." diyor. Bu nasıl hayat abla? Tek başıma tartamıyorum. Çilenin birinden inip ötekine binemiyorum. Bilmem ki daha beteri var mıdır bu hayatın? Beterin beteri var, demişler. Bundan da beteri var mıdır caba?!

Aliye derin bir nefes alarak cevap verdi:

— Vardır ya...

— Ama abla, ben bir zerre daha, bir yükü tartamam. Yıllardır, biri gelecek beni çıkaracak diye bekledim. Hep umutla yaşadım. Zaman zaman umudum ölse de, sonra tekrar diriliyordu.

— Çok kederlisin Hülya. Seni anlıyorum. Ben beş aydır buradayım hazmedemiyorum da, sen beş yılı mı hazmedeceksin!..

— Çok çektim abla, çok!.. Şu duvarların dili olsa da konuşsalar... Gözyaşlarım durmak bilmedi. Gençliğimi, sıhhatimi, ailemi, dini inancımı, her şeyimi yitirdim.

Bunun ne kadar acı bir şey olduğunu kim anlayabilir?! Yaşamayan hiç kimse anlayamaz. Her şey bir yana, ailemin acısını unutamıyorum!.. Hele babamı çok özledim abla. Çıktığım zaman ilk işim, köye gidip onu uzaktan da olsa görmek olacak. Böyle sahneleri filmlerde gördüm abla. Şimdi benim hayatım film oldu.

* * *

Hülya mahkemeye çıkmak üzereyken, yetmiş kereyi aşkındır bileğine takılan kelepçe yine takılıyordu.

— Kelepçeyi az sık asker! Herhalde biz de ana evladıyız!

— Ne yapalım kardeşim! Anlayamıyoruz; kimileri de sıkmadan "sıktın" diyorlar. İnsan inanamıyor ki...

— Kardeşim, bu gün son mahkemem. Beni hiç olmazsa son mahkememde rahat bırakın, ne olur!

— Olur abla. Her halde biz de cani değiliz...

Hülya aynı mahkûm arabasına binmişti. Arabada yine mahkûm arkadaşlarını görünce sevinmiş, heyecanını yatıştıracak sebepler arıyordu. Heyecanını tartamıyordu.

Titreye titreye mahkeme huzuruna gelmişti. Nerdeyse kendini kaybedecekti. Kendisini zoraki teselli etmeye çabalıyordu.

KARAR

Hakimin gür sesi emir veriyordu. Buz gibi ses, duvarlara vuruyor, sonra da yankılanarak Hülya'nın suratına tokat gibi iniyordu:

— Gülsen Tekel ayağa kalk!

Kalkmaz mı Hülya! Hemen sanık sandalyesinden ayağa fırladı.

— Son kararı veriyoruz. Bir diyeceğin var mı?

— Adalete güveniyorum hakim bey! Artık çektiklerime son vereceğinize inanıyorum. Yapmadığım suçtan bu kadar yattım. Artık herhalde bana merhamet edersiniz. Sizin de evladınız var. Bir evlat böyle ateşe atılmaz hakim bey, gerisini siz bilirsiniz. Zaten konuşacak ne halim kaldı, ne de konuşacak kelimeleri hatırlıyorum!..

Hakim Hülya'nın hayat çizgisini değiştirecek kararı veriyordu.

Karar	: T.C. İstanbul 1. Ağır Ceza Mahkemesi.
Esas No	: 1990-129
Karar No	: 1991-180
C. Sav. No	: 1979-1150
Başkan	: Erol Çulhaoğlu, 16507
Üye	: İbrahim Özcak
C. Savcısı	: Abdurrahman Yılancı
Zabıt Katibi	: Hülya Hepşen
Sanık	: Gülsen Tekel
Davacı	: K. H.
Maktül	: Salih Cüdel
Suç	: Adam öldürmek, 6135 sayılı kanuna muhalefet.

Üzerlerine atılan suçtan dolayı, yukarıda kimliği

okunan Gülsen Tekel, maktulü tasarlayarak öldürdüğüne karar verilmiş olup, Gülsen Tekel'in idam cezasından azledilip 36 yıl hapis cezası verilmesine elbirliğince karar verildi.

Artık bundan sonrasını duymuyordu Hülya. Şoke olmuştu. Dili tutulmuş, kendisini kaybetmişti.

Vah yavrucak vah, kara düzenli kardeşim benim! Suçun yokken bu cezayı nasıl tartacaksın?!

* * *

Hülya ölgün... Hülya perişan... Hülya isyan dolu, koğuşa getirilmiş, ranzasına uzatılmıştı. Hülya'ya rağmen, her yerde yine yazıyordu: "ADALET MÜLKÜN TEMELİDİR" deniyordu.

Ne yazık ki, hiçbir zaman kimsesizlere uzanmıyordu adalet! Zaten bu ülkede de adalet diye bir şey yoktu. Bazı kızlara takılan bir isimdi o.

Yazarlar bile cezaevlerindeki hayatları, yazmaya dayanamıyorlardı. Hülya'nın nasıl dayandığına şaşırıp kalıyordu her duyan. Hülyam! Sen ne yaptın! Her gün öldün mü yavrum! Her gün can mı çektin! Ve her gün sana bu yazıyı Allah mı yazdı sanıyordun?! Düzeni suçlamak aklına gelmiyor muydu! Vah güzel kardeşim vah! Adalet amca, "Ben kimin kurbanıyım." Dediğin halde hâlâ kimin kurbanı olduğunu anlamadın mı. Ama bu kitabı okuyanlar çoktan anladılar bile!..

* * *

Aradan yirmi bir gün geçer. Hülya şoktan hâlâ kurtulamamıştır. Hiç beklemediği bir sırada, elinde bir mektup olan gardiyan, üst koğuştaki Hülya'ya seslenir:

— Hülya Gülsen Tekel... Mektubun var.

Bu arada bütün bu sesi duyanlar şaşkınlıkla sesin geldiği yere baktılar.

Herkes bir şey söylüyordu:

— Acaba şaka mı yapıyorlar?

— Allah Allah kim şaşırdı acaba?..

— Yoksa babası mı? Kızcağız babam babam diye sayıklayıp duruyordu...

Hülya hâlâ oturduğu ranzasından kalkmamış, başını ellerinin arasına alıp öylece kalakalmıştı.

Bitkin, kendini zorlayarak merdivenlere doğru yürümeye başladı. Bir sürü hayal kuruyordu: "Babamdır. Kızım masum olduğunu anladım seni affettim, diyordur. Ah, keşke keşke öyle olsa, idam cezasına razıyım... Yoksa teyzem mi?.. Acaba ablam olabilir mi?... Benim masum olduğumu anlamış olabilirler mi?.."

Bu hülyalar içinde titreyerek mektubu eline alan Hülya zarfı açınca şaşkına dönmüştü.

Birden bire bir sevinç çığlığı atıverdi:

— Arkadaşlar, usule uygun değil gerekçesiyle temyiz cezamı bozmuuuuş!

Herkeste sevinç çığlıkları yükseliyordu. Bu mektubun getirdiği haber şu demekti: Hülya'nın aldığı ceza, Ankara'da çok fazla bulunduğundan, tekrar mahkeme edilecekti.

Hülya'nın sevinci kursağında kalmıştı: Bu karar beş yılda verildiğine göre, tekrar mahkeme başlarsa bu defaki karar kaç yıl devam ederdi acaba?!

Aklına geldi ithamlar, iddialar. Anlaşarak kocasını öldürttü, deniyordu.

Mahkeme yine gün atmış, her ay veya iki ayda bir yine gitgeller başlamıştı. Soğuk demeden, sıcak demeden, penceresi bile olmayan araba hücresinde gidip gelmekten iyice yoruluyordu Hülya. Ama adalet amcası görmüyordu Hülya'yı!..

DEVRİM, ÖNCE KİŞİDE YAPILMALI

Hülya yedi yıllık mahkûmdu. Yedi yılda görmediği bir şey, çekmediği çile kalmamıştı. Birgün mahkûm arkadaşı Saniye ona bir gazetedeki haberi gösterir:

— Bak, bak şu manzaraya bak. Çarşaflı yazar hakim huzurunda. Son mahkeme gelecek aya ertelenmiş.

Hülya annesini, kendisine sahip çıkmayan çarşaflı, örtülü akrabasını hatırlayınca, olanca kinini gazetedeki çarşaflı kadına kusuyordu:

— Çarşaflı... Hıh!.. Kimbilir ne naneler yedi!.. Kimin günahına girdi!.. Allah'ın yobazları!..

— Her halde bizim yanımıza verirler, değil mi?

Hülya:

— Aman şeytan görsün yüzünü! Ben görmeyeyim de tepemin tası atmasın.

Saniye şaşırmıştı:

— Aaa! Delinin zoruna bak! Kızım bu yazarla bir alıp veremediğin mi var?

Hülya hiç sebepsiz, gazetedeki yazara atıp tutuyordu:

— Aslında bu yobaz kafalıları asmak lazım! Şunun giydiği kıyafete bak! Allah bunların belalarını versin! Onların yüzünden çektim bu çileleri!..

Saniye iyiden iyiye şaşırmıştı:

— Kızım sen şunu açık açık söyler misin: Bu kadınla tanışıyor musun?

— Hayıır.

— O halde nasıl "Onların yüzünden çekiyorum." diyorsun?! Kadını tanımayınca nasıl onun yüzünden çekersin, bir türlü anlamıyorum!..

— Ne fark eder, bana çektirenlerle aynı tip giyiniyor ya yetmiyor mu?!..

— Vallahi pes; bir giyim yüzünden bir insanı nasıl yargılıyorsun, anlayamadım.

Hülya duyduklarına göre konuşuyordu:

— Aman canım, altı üstü peçeli değil mi! Ne varsa peçenin altında var. Geçen gün gazetedeki karikatürü görmedin mi, çarşaflı kadın, başka erkeğin kolundayken kocasının yanından geçiyor da kocası onu tanımıyor!..

Hülya ve binlerce insanın beynine karikatürlerle hükmediyorlardı. Kötülük yapan örtülü kadınlar beyinlere şırınga ediliyordu. Bunlardan biri olan Hülya'da aşı sağlam tutmuştu. Fakat gün gelecek, herkes yaptıklarının bedelini ödeyecekti, ama bunu bilemiyorlardı...

* * *

Her suçlu mahkumun suçunda,
görünmeyen en az bir suçlu daha vardır.

3. BÖLÜM

Bazı Rejimler Suçlu Üretir

Aradan bir ay geçmiş, çarşaflı Hoca Hanım tutuklanıp cezaevine gelmişti.

Cezaevine girdiği gün bütün mahkumların gözleri bu Hoca Hanımın üzerindeydi. Mahkum, imanlı ve temiz kalpli ise, Hoca Hanıma iyi davranıyor; ama münafıksa, davranışları iyi olmuyordu. Münafık mahkumlarla bir arada yaşamak zordu cezaevinde. Orda mahkumların saçları bile inler... Özellikle ilave ceza çeker orada mü'minler. Cezaevi, kimine ilim yeri, kimine gözyaşı, kimine barınak, kimine urgan. Cezaevi, kimin hangi ceza için yattığı bilinmezlerin evi.

Hoca Hanımın cezaevine girişinin ilk saniyeleri, ilk dakikaları kendini gösteriyordu.

Herkeste bir şaşkınlık vardı. Mahkûmlar etrafını sarmıştı... Kimi dalga geçerek:

— Suçun neydi Hanıım!.. derken, kimi gayet dostça soruyordu:

— Geçmiş olsun kardeş! Ne suçtan dolayı buraya girdiniz?

Bir başkası:

— Peçe altında mı yakalandın?!

— Hırsızlık mı yaptın kız?!

Cevap veriyordu Hoca Hanım:

— Hayır, hırsıza benzer bir yanım var mı? Dini bir kitap yazdım.

Bir mahkûm alevli alevli cevap verdi:

— Hadi canım! Kimbilir ne haltlar karıştırdınız? Devlet neden din kitabı için hapsetsin ki!?

Bu mahkûmun Hoca Hanıma gıcıklığı vardı, Hoca Hanım bunu hemen anlamıştı. Hoca Hanımın inancına düşmandı bu soruyu soranlar. Bunu hissetmişti ama anlamazdan gelerek cevap verdi Hoca Hanım:

Hakaretli konuşan mahkum yine devam ediyordu:

— Hadi be, sen kimi kandırıyorsun? Bu devlette kitap için kimse hapse atılmaz.

Hoca Hanım daha ranzasına geçmeden yapılıyordu bu tartışma. Hoca Hanım aynı mahkuma sordu:

— Bu devlete, daha doğrusu bu devletin kanunlarına çok mu güveniyorsunuz?!..

Mahkûm bir an duraklıyor. Hoca Hanım devam ediyorudu sormaya:

— Demek size adaletli davranmış ki, ondan çok eminsiniz!..

Mahkûmun kızardığını fark ediyordu. Zoraki cevap verdi:

— Hayır!.. Bana ceza vermesi alabildiğince haksızcaydı...

— Peki, bana haklı olarak ceza verdiğini nerden bildin? Sana adaletsiz olan bana adaletli mi oldu?

— Siz de yalan söylemeyin!

— Ne yalanı söylemişim?

— Dini kitap yazdım ceza aldım, diyorsun. Benim babam da dindardı, elinden Kur'an düşmezdi, onu niye hapsetmediler?

— Merak etme canım, bir zamanlar onu da yaptılar. Kur'an okuyanı hapsediyorlardı. Şimdi Kur'an'ı okumak serbest, içindeki hükümlere göre düşünmek, düşündüğünü söylemek gizli ve derin devlet için yasak.

Tıpkı bir dinsiz gibi tartışan bu mahkûm Hülya'nın kendisiydi. Tabi ki bunu sonra öğrenecekti Hoca Hanım.

Hoca Hanımla Hülya birbirine bakarlar. Bu arada üst koğuştan bir mahkum karşılamıştı Hoca Hanımı. Hülya, Hoca Hanımın arkasından söyleniyordu:

"Sizde merhamet olmadığını burada en iyi ben bilirim." Dilber isimdeki mahkum dindar bir hanımdır.

— Gel Emine bacı, ben de seni bekliyordum. Gel bizim yanımızda rahat edersin. Yemek arkadaşı olalım...

Dilber, Hoca Hanımı çok rahat ettirir. Bir de Ayşe vardır yanında. Üçü Hülya'dan uzaktadır. Hoca Hanımla nadiren karşılaşırlar.

Bir hafta sonra lavobo kapısında çarpışırlar. Hülya

çarpışmayı bahane ederek hemen, Allah'a, imana küfretmeye başlar.

Hoca Hanım yıllar sonra bu anı şöyle anlatacaktır:

"....Bu da Hülyaydı. Benimle çarpıştığı için kadere isyan ediyordu... Zaten kaderi ona acımasız tanıttıkları için, her fırsatta kadere hakaret ediyordu.

Biraz sinirlendiğimi belirterek sordum:

— Kaderden ne istiyorsunuz?

— Ne isteyeceğim! Buraya geleli yedi yıl oldu! Suçum günahım yokken bana iftira ettirdi!

— Kim yaptı bunu?

— Allah... Allah yaptı!

— Peki seni Allah mı hapsetti buralara?! Yoksa bu düzenin çarpık kanunları mı? Seni adaletsiz kanunlar hapsetti. Ama sen, Allah cezanı hemen vermediği için fırsatı kaçırmıyorsun. Allah'a isyan ediyorsun, Allah'a isyan kolay, değil mi? Yiğitsen seni mahkûm eden düzene başkaldırıp ona isyan etsen de hepimiz görsek ya? O zaman görelim seni! Edemezsin; sen ve senin gibiler, düzenin suçunu, kanunların suçunu hep Allah'a yükler, sonra da ver yansın edersiniz! Nasıl olsa sabırlı olan Allah'a başkaldırmanız kolayınıza geliyor; cesaretsizler, tembeller, din cahilleri... Hepsi zaten günahlarını Allah'tan bilirler, ama Allah'a ait şeyleri de Allah'a maletmezler... Allah'a ait eserleri görmezler!..

Elinde çaydanlık olan Hülya beni ağzı açık dinledikten sonra, daha çok hırçınlaşmış, ağzından çıkanı kulağı duymuyor.

— Aman fazla konuşma sen! Senin gibi örtülülerin

ne mal olduğunu iyi bilirim! Benim annem de çarşaflıydı, ama evladına hiç merhamet etmedi! Sağlığında beni kahretti!

— İyi, ne âlâ memleket... Ben şimdi örtülüyüm diye başkasının günahını mı çekeceğim!?.. Ne münasebet; ne ben her örtülünün hatasını çekmeye mecburum, ne de sen her yırtmaçlı etekli kadının günahını çekmeye mecbursun. Ben de senin gibi etek elbise giyen, senin gibi açık, boyalı kadınlardan kötülük görmüş insanım. Ben seni suçluyor muyum da sen beni suçluyorsun?!

Hülya çaresizliğini hırçınlıkla gizleyip hakaret ederek gitmeyi yeğlemişti:

— Hadi be! Manyak mıdır nedir!..

Öyle şartlanmış bir havası vardı ki Hülya'nın, bu şartlanmışlıktan çıkması asla mümkün değil gibi görünüyordu.

Halbuki, iyi niyet ve güzel bilgi oluşursa her şartlanmışlıktan çıkabilirdi. Hoca Hanım derin derin Hülya'ya bakar, fazla bir şey söylemez. Ama kararlıdır. Onun başına gelenlerin sorumlusu, isteyeni Allah değildi. Bunu ona anlatacaktı.

Aradan iki üç gün daha geçmişti ki, cezaevi hücresinde namaz kılarken, Hülya hücrenin önünde onun namazını bitirmesini bekliyordu. Ellerini beline koyarak bir kabadayı edasıyla Hoca Hanıma seslendi:

— Bana bak yobaz!..

Hoca Hanım kafasını çevirip soru dolu Hülya'ya baktı. Karadenizli yanı tutmuştu. İçimden geçen şey, "Tutuğum gibi duvara yapıştırsam da şuna bir ders versem." oldu. Sonra Müslümanlık yanı ağır basarak kendini frenleyip sordu:

— Benden ne istiyorsunuz?! Alıp veremediğiniz nedir?! Cezaevine girer girmez benimle uğraşıyorsun?

Hülya ağlıyordu. Fakat bu ağlama sinir ağlamasıydı. Hoca Hanımla kavga ederek sorusunu sordu:

— Sen bana ne biçim laf ettin! Üç gecedir uyuyamıyorum...

Hoca Hanım Hülya'nın gözlerine derin derin baktı:

— Ne söyledim?

— Sen ne söylediğini bilirsin...

— Ben çok şeyler söyledim, şu anda hepsini birden hatırlayamam ki...

Dik dik Hoca Hanıma baktı. Kızgınlık ve gerginlik dolu siyah bakışların arasında bir arayış, bir mahcubiyet, bir çaresizlik fark etmişti Hoca Hanım. Öyle derindeydi ki, Hülya'nın onları hemen oradan çıkarması mümkün değildi. Karanlık hücrenin girişindeki ışığın Hülya'nın yüzüne vurmasıyla konuşan bir çift gözün dilinden anlamayı kolaylaştıran cevabını verdi:

— Ne söyleyeceksin, "Allah'a isyan kolayınıza geliyor değil mi, dedin, yiğitsen seni buralara düşüren bozuk düzene isyan etsene." dedin...

— Güzel söylemişim. Rahatsız olduğun yer neresi?

Hiçbir şey söylemeden Hoca Hanımın gözlerine baktı. O öyle bakıştı ki, sanki onda dünya yüklüydü.

Anlamıştı Hoca Hanım. "Bu da bozuk düzenin bizden çaldığı gençlerden biri" diye düşündü. Ona tereddütle bir teklifte bulundu:

— Hülya.... Biraz dertleşelim seninle. Kızdığın şeyi de daha güzel anlatırsın.

Umulmadık bir itirafı Hoca Hanımı hayretten hayrete sürükledi:

— Benim kızdığım şey, senin haklı olmandı!

— Aferin sana Hülya. Herkes kızdığı insanın haklılığını göremez. Ama sen görebilmişsin...

Derin derin Hoca Hanım'a bakmaya devam ederken, birden bakışını yere çevirdi, mahzun ve de ağlamaklı cevap verdi:

— Nasıl hak vermem! Söylediğin söz doğruydu!

Bu açıklamaya çok sevinmişti Hoca Hanım.

— Gel otur yanıma.

— Gelemem.

— Neden?

— Nedenini de söyleyemem.

Hoca Hanım düşünüyordu. Haklılığı kabul etmeyi bir zayıflık olarak mı görüyor? Bu yüzden mi dikleşiyordu acaba?"

— Allah Allah... Hülya bacı, sana nasıl davranacağımı şaşırıyorum, benden korkuyor musun?

— Evet. Özelikle büyü yapmandan korkuyorum.

— Aşk olsun Hülya! Ben Müslümanım. Müslüman büyü yapar mı?!

— Peki, hocalar neden yapıyor?

— Büyü yapan hocalar İslam'ın hocaları değil ki,

onlar şeytanın hocalarıdır. Benim yüzümde büyücüye benzeyen bir çehre var mı?

— Yok… Yok ta.. ne bileyim ben…

— Bilmezsin kardeşim, bilemezsin. Dinimiz o kadar çok kişilerden yara alıyor ki, bunu senin bilmen mümkün değil. Şeytanın hocaları, şeytanın yasaları, şeytanın oyunları derken, İslam görünmez hâle geldi…

— Ben onu zaten hepten unuttum.

— Neyi unuttun?

— Allah'ı, İslam'ı her şeyi…

Hülya bu cümleyi öyle derin bir nefes alarak söyledi ki, Hoca Hanım yüreğinin burkulduğunu hissetti.

— Bana biraz kendinden bahseder misin? Çok merak ettim seni?

— Aman beni kaderim bile unutmuş, ne anlatayım!..

— Aman kardeşim, bunu söyleme! Allah kimseyi unutmaz; senin bilmediğin şeyler vardır… Biraz konuşsak diyorum ama gelip yanıma oturmuyorsun, sen ayakta olunca ben anlatamam ki… Gel gel de önce seninle barışalım. Birbirimizi tanıyalım… Cezan hakkında konuşalım.

— Benim cezam köyümden Ankara'ya gelişle başladı… Ama bunlara boş verelim. Yıllardır, en az beş bin defa anlattım; her yeni gelen mahkûm soruyor ama zannediyor ki, yalnız o soruyor. Halbuki binlerce insan sordu…

— Annen baban seninle ilgileniyor mu bari?

— Annem babam öldüler!

Hoca Hanım çok üzülmüştü. Esmer, yarı çıplak kızın kimsesizliği onu derinden yaralamıştı.

— Vah vah!.. Allah cennette kavuştursun.

Birden yine hırçınlaştı Hülya:

— Ben onlarla hiçbir yerde karşılaşmak istemiyorum ki, Allah beni zorla mı karşılaştıracak onlarla? Asla istemem!

Birden yine ağlamaya başladı.

— Beni asıl onlar yaktılar! Savcı beni, dört yüz elliye dörtle, yani idamla yargılarken bile, annemin babamın ateşi kadar yanmadım! Anne babanın evladına sırtını dönmesi ne kadar acı bilemezsiniz. Ben bunu çektim ve sonunda, Müslüman buysa, ben Müslüman değilim, dedim. Yıllardır, din adına ben de sadece içten içe ve gizlice okuduğum ayetelkürsüm kalmıştı. O da çoğu kez isyanlarım arasında kayboluyordu. Neyse ben şimdi gideyim. Senden korkum giderse gelirim...

Birden uzaklaştı... Sonra tekrar geri döndü:

— Biliyor musunuz, nedendir bilmiyorum sana ruhum ısındı. Tekrar görüşelim olur mu? Ama mahkumların görmediği yerde görüşelim..

Kimden kaçtığını söylemiyordu Hülya. Mahkûmların içinde konuşmamızı istemediğini söyleyerek: "Ben seninle konuşmadan sen benimle sakın konuşma." dedi.

Hoca Hanımla anlaşmıştı. Kaçak görüşme olacaktı bu.

Nitekim onu nerde görse kafasını çeviriyordu. Biliyordu, kafasını başka yere çevirse de ruhu Hocasına dönüktü. Ah bir konuşabilseydi onunla!.. Kaderi bir anlatabilseydi!. Başka bir şey konuşmasa da yeterdi sanki...

Hülya içine dert olmuştu. Sonra Sema, sonra Dürdane Dirican, Fatma Kalyoncu... Yani, ruhunu yakanlar artıyordu.

Dürdane geldi bir gün. Ağlamaktan şişmiş gözlerini Hoca Hanım'a çevirerek sordu:

— Sizin için dindar diyorlar. Fakat büyüye de karşıymışsınız, bu doğru mu?

— Evet doğru. Fala inanmam. Büyünün aslı var, ama büyü yapanlar, çok büyük günah işlemektedirler. Hatta büyünün çeşidine göre dinden de çıkmaktadırlar. İyilik için de yapılsa caiz değildir. Büyü yapanların bazıları Kur'an yaprağını tuvalete attıktan sonra büyü yaparmış.

— Birde siz, insanların derdine çare arıyormuşsunuz. Mahkûmlar öyle diyor. Bir soru da ben sorsam cevap verir misiniz?

— Kulağınıza gelen yanlış ama yine de hakkımda iyi şeyler duymanızdan dolayı sevindim. Buyrun sorun.

— Bak ablacığım. Beni iyi dinle... Beni şu anda üvey annem de, babam da aramıyorlar. Polis, kocamı, bir arkadaşının silahını temizlerken öldürdü. Beni hapsettiler. Benim sözde o polisle ilgim varmış. Hiçbir ilgim yoktu. Diyelim ki adamın bana ilgisi vardı, diyelim ki ben şeytana uydum. Öz anne olsaydı başımda, böyle olur muydu? Kızımızın başına bir iş geldi, deyip beni aramazlar mıydı? Biricik oğlumu, yavrumu benden kopardılar. Öz annem olsa böyle mi yapardı? Ben de gece gündüz beddua ediyorum: "Allah'ım, benim suçum yoktu, bana böyle yaptılar, ben hatalıysam beni, benim hatam yoksa benim yandığım gibi onların da ciğerlerini yak!" diyorum. Üvey kardeşlerim de var. Adamla ilgim var diye beni aramıyorlar. Öz olsalardı, ilgim bile olsa ararlardı. Ağlayarak Allah'ımdan şunu istiyorum: "Ya Rabbi! Hiç birine ismimi sayıklatmadan ölmeyi nasip etme! Ben Dürdane'ye çektirdiğim için çekiyorum, dedirt!.. Onlar benden yavrumu aldılar. Yavrumun yanında konuşula konuşula çocuk rüyalarımda bile beni kötü kadın görmeye başladı. Şimdi ben, böyle beddua ediyorum diye günaha giriyor muyum?

Sesi titremeye başlayan Dürdane, zehirli nesne sigaradan bir nefes alıp, daha heyecanlı bir sesle sordu:

— Bak! İyi dinle ama!... "Benim suçum varsa bana, suçum yoksa onlara çektir!..." diyorum! Bunda kötü bir şey var mı?..

Dürdane'nin sorusu Hoca Hanımı yürekten yaralamıştı, bir anda kendi anne babasını düşündü" Benim dünyama, Allah korusun, artık bir daha ışık giremezdi herhalde!.." derken, yalnız kaldığı zaman insanın güvendiği ebedi dost Allah'ı hatırlaması. Ancak o zaman karanlık dünya aydınlanır, demesine sebep olmuştu.

Yazar'ın ürpertisi uzun süre devam etti. Zaten Yazar kimi dinlese, o dinlediği kişi oluyordu.

Yazar, yıllar sonra bu acıların ardından şunları yazacaktı okuyucusuna:

"Sevgili okuyucum... Belki şu anda bir çocuksun, belki de bir genç... Yaşlı ya da orta yaşlısın... Hangi yaşta olursan ol, benim tavsiyeme ciddı olarak kulak vermeni diliyorum.

Bir genç ya da yaşlı bir yakınınız kötü yola bile düşse, sakın onu reddetmeyin! Bu reddediş düşene bir tekme daha vurmak olur. Onun elinden tutun. Cezaevine giren nice namuslu kadın, kadın satıcılarının eline düşüyor! Parasız kalınca onlardan para alıyor, "Sen çıkınca benim yanıma gelirsin, o zaman ödersin." Telkinleriyle aldanıyor, yavaş yavaş bozuluyorlar. İnsanlar birbirine baka baka düzeldiği gibi, yine birbirine baka baka bozluyorlar...

Bu gençlik, bu insanlar bizim. Biraz hoşgörülü, biraz affedici olmalıyız. Kim hayat boyu, en ufak günah işlemediğine dair yemin edebilir? Tek günah zina mıdır ki, zina etmeyen insan kendisini temiz görüyor, mesele burada bitti sanıyor?!.. Hayır, kendisini pûr-i pak görmemeli. Bu gün bu ülke bu hâle gelmişse, hepimizin günahlarının birbiri ardına bağlanarak koca bir zincir haline gelişindendir.

Yazık değil mi Dürdane'me? Hâlâ mutsuz, cezaevinden çıktıktan sonra, sahiplenen olmadığı için çile üstüne çileye girdi. İyi kötü bizde ilgilenmesek yavrucak açlıktan ölecek duruma düştü. Ama ne düşüşler!.. Onun için, vakit bulurda Dürdane'nin romanını yazarsam, ismini ÖLECEK KADAR ÖLÜM koyacağım.

Fatma Kalyoncu da bir başka türlü çekmiş. Hep bozuk düzenin suçu... Hep o çıkıyor karşıma. Fatma, yıllar yılı deli gibi sevdiği insan yüzünden yanmış. Kaynanası tarafından sevilmemiş. Kaynana: "Seni oğluma yar etmeyeceğim!" demiş ve yar edilmemiş Fatma. Dünya bir araya gelse, sevdiğim kimsenin etkisinde kalmaz, beni de dünyaya değiştirmez diye düşünmüş. Ama dünyaya değil, dünyanın çok küçük bir parçasına değiştirilmiş. Sonra bir yavrusunu bırakmak zorunda kalmış. O sevgi dolu Fatma artık insanlara buz gibi bakıyor.

Ama ikinci kez evlenmek zorunda kalmış olan Fatma Kalyoncu'yu dinlemişti. Fatma'nın ayrıldığı adam "düğünümü duysun da gelsin beni kaçırsın" diye evlenmeye kalkmış. Bakmış gelen giden yok. Öylece evlenmiş. Sonra da ikinci eşini de çok sevmiş. "Asıl benim sevgime bu layık" diyordu. Çok acılar çekmiş, isyan etmiş sonra da hapse düşmüş.

İkinci evliliğinden de bir çocuğu olan Fatma, bir gün cezaevindeyken hakkında çıkan müthiş bir iftira ile irkiliyor. Fatma'nın da babası bu gazeteye aldanıyor, bir daha kızını aramıyor. Küsüyor kızına, kahroluyor ve o kahırla da ölüyor.

Açılıyor Fatma... Kabak çiçeği gibi açılıyor. Zaten bilerek hiçbir şey yapmamıştı.

Daha neler neler... Bir gün "ALLAH'I UNUTTURAN SEVGİ" isimli bir romanla da Fatma'yı yazacağım. Zannetmeyesiniz ki bu özet kadar hayatı var. Hayır, Kalyoncu'nun hayatında en az on beş milyon kadın kendisinden bir şey bulur.

Bunları neden yazdım? Hülya'yı anlatıyordum.

Bir insan suç işlediği zaman zannetmeyin sadece suçu işleyen suçludur. Onula beraber devlet suçu, millet suçu ve aile suçu beraber seyreder.

Biz millet olarak batı kültürünün esiri olduk. Sonra

da İslam kültüründeki değerleri hiç sorumluluk hissetmeden gençliğimizden bekliyoruz. Ne verdik ki neyi istiyoruz. Vermeden almak hangi tabiat olaylarında mümkün olur ki?..

* * *

Hülya, benimle konuşmamaya son derece özen gösterir oldu, "Sebebi nedir?" derseniz. Cevabı belli, şeytan boş durmuyor. Bir insanı dinsizleştirecekse şeytan, onu önce dindar insanlardan nefret etmesini sağlar. Herkesin hatasını gizler ona daima dindarların hatasını gösterir. Hülya benden kaçıyor, ama yine de göz ucuyla beni arıyor bunun farkındayım.

Ben de merak ediyordum, biraz duygusal bir yapım var. "Kimsem yok" sözüne de inanmıştım. Kimsesizlik hiç tanımadığım bir duygu olduğu için çok fazla etkilendim.

Sayım saati, ona yakın yerde durmaya çalışıyorum. Ama bir mahkûm getiriyor aramıza, yine konuşamıyoruz.

Bir gün merdivenlerde karşılaştık. Ben yukardan aşağıya, o da aşağıdan yukarı çıkıyordu. Fırsatını bulmuştum. Hemen sordum:

— Hülya kardeş, bir göründün ama pir göründün. Neden benden kaçıyorsun hâlâ anlayamadım. Sizinle konuşacak çok şeylerimiz vardı.

Hülya bu karşılaşmadan pek hoşlanmamıştı.

— Konuştuk ya.

— Ama asıl konulara girmedik.

— Amaaan, girip te ne yapacağız! Ne değişecek; yedi yılım, ailem geri mi gelecek! Boşu boşuna neden yorulalım!

— Hülya kardeşim, insanın kaybı zararı yalnız geçmişte olmaz ki, insan gelecekte de çok zararlar görebilir. Biz de cehalet zararı vardır ki, o hepisine bedel olur.

— Mesela ne gibi? Cahillik nasıl insana zarar verebilir ki?

— Düşünmeden evlilik yapar. Gönlüne layık olmayanları alır, kötü yola kolay düşer. Cahil çabuk aldanır. Merhamet duygularını da hiç kontrol edemez. Bunlardan başka, ummadık şartlar çıkar insanın karşısına.

— Ben her türlü darbeyi zaten yemişim. Öyle çok darbeler ki, bana geçmişte de, gelecekte de yeter.

— Olsun, yine de görüşmek isterdim. Ama sen bilirsin tabii. Kendimi sokakta bulmadım ben. Benimle görüşmek istemiyorsan sen bilirisin, seni zorlayamam. O gün sana çok acımıştım.

Hülya acıma sözüme çok sinirlendi.

— Ben acınmak istemiyorum!

— Neden?

— Nedeni yok... Acınmaktan nefret ederim!

Merdivenlerden inerken şakayla cevap verdim:

— Televizyon ağzıyla konuşuyorsun. İnsanlar insanlara acımadıkça sonuç korkunç olur. Kimsede merhamet kalmaz.

— Bu konuşmadan sonra beş altı ay, aynı koğuşta kaldığımız halde hiç konuşmadık.

— Bu arada Fatma Kalyoncu da benden kaçıyordu.

— Bir gün şöyle dua ettim: "Allah'ım! Şu cezaevinden bana on kişiyi lutfet!"

Bu gün gibi hatırlıyorum, sonra sık sık duamı yenileyip durdum. Şu duayı ediyordum: Hülya Tekel'i, Emine Sema Güler'i, Dürdane Dirican'ı, Fatma Kalyoncu'yu, Fatma Cevat'ı, ismini vermek istemediğim bir de devrimci kız ve diğerlerini…

Biliyorum, neden "on kişi?" diyorsunuz. Bilmiyorum, insan bazen ayırmak istemese de bazı kişileri gönül ayırıyor! Daha sonra dua ettiğim çok mahkumlar oldu, Allah'ım şunları bana ver. Ama onlar bana gelmek istemeyince Allah kısmet etmedi. Bir de ben kimdim ki her duam kabul olsundu!

Sonra ötekilerle artık görüşemez olduk. Dualarım Fatma Kalyoncu, Hülya Tekel ve Dürdane Dirican'a yöneldi. Aradan yine aylar geçti. Artık Hülya da, Fatma Kalyoncu da cezaevi revirindeydi. Birgün âni olarak zehirlendim, feci bir şekilde. Sedyeyle hastaneye kaldırıldım. Hastaneye yani revire gittim ki, hastalar koridorda yatıyor. Yatak yok, yer yok.

Birden ikinci koğuştan bir ses geldi kulağıma:

— Aaa! Ablam gelmiş!..

Bu ses Kalyoncu'nun sesiydi. Hemen Hülya salona çıktı. İkisi de ne yapacağını şaşırmışlardı. Beni öyle bir özlemle karşıladılar ki, neye uğradığımı şaşırdım. Hülya çok farklı bir insan olarak karşıma çıktı.

Bana yer olmaması ikisini de üzmüştü.

Hülya:

— Ben yerde yatarım, size yatağımı veriyorum.

Göz göze geldik Hülyayla.

— Neden bana yatağını veriyorsun?

— Bilmem, verdik işte. Bir de onu mu izah edelim?!

Fatma Kalyoncu da yatağını bana vermek istedi. Sonunda iki divanı birleştirdiler. Bir kenardan bana yer verdiler.

İki mahkûmun koğuşuna düşmem, beni son derece memnun etmişti. Kararlıydım, onlara hiç İslam'dan bahsetmeyecektim. Ama onlar sorarlarsa da sabaha kadar anlatacaktım.

* * *

Hastanede ikinci güne gelmiştik. Hülya ile aramız düzeliyordu, fakat hiç din konulara girmiyorduk.

Sağım problem solum problemdi. Herkes gamlı, herkes hüzünlüydü.

Koğuşta polis Nuran Arat'la tanışmıştım. Fakat bu roman Nurişin romanı olmadığı için ben Hülya'ya dönüyorum.

Hülya mahkemeye hazırlanıyor. Baktım sinirli sinirli söyleniyor:

— Bir de Ablam isyan etme, diyor!.. Nasıl etmeyeyim, devamlı mahkemeye çıkıyorum! Madem ki beni salıvermeyeceksiniz, neden cehennem azabı çektiriyorsunuz?! Vallahi bıktım, bıktım artık. Allah alsın canımı da kurtulayım!..

Cevap verdim:

— Ben sana isyan etme, demedim. Bilakis isyan et ama Allah'a değil, sana haksızlık yapan bozuk düzene, hatalı kanunlara isyan et. Yani asıl suçlulara isyan et, dedim. Bu düzen dert verirse karşılığında mükafat vermez. Ama Allah'ın verdiği derdin bir gün karşılığı vardır...

Bu konuşmalar bir girişti.

Birkaç gün sonra gecenin yarısı Hülya'nın sesiyle irkildim:

— Babacığım, ne olur inan bana! Benim sevgilim yoktu. Yoktu baba yoktuuu!

Aradan nerdeyse sekiz yıl geçmesine rağmen yüreğinin yarası geçmemişti Hülya'nın. Bir türlü kabustan kurtulamamıştı.

Bir de baktım ışığı yakmış. Sigarayı da almış eline, pencereden dışarı bakıyor, hem de şarkı mırıldanıyor:

Başın öne eğilmesin
Aldırma gönül aldırma
Ağladığın duyulmasın
Aldırma gönül aldırma
Dertlerin kalkınca şaha
El açıp yalvar Allah'a
Görecek günler var daha
Aldırma gönül aldırma

Dışarda deli dalgalar
Gelip duvarları yalar
Beni bu sesler oyalar
Aldırma gönül aldırma

Birden benim onu dinlediğimi fark etti. Yine âsi bir tavır takınarak bana döndü:

— Kendimizi oyalıyoruz. Aldırma gönülmüş!.. Nasıl aldırmazsın! Hayatım kaydı... aldırmaz olur muyum!.. Saat kaç?

— Biri beş geçiyor.

Hülya, uzaktan görünen köprüden geçen vasıtalara bakıp bana döndü:

— Bak Abla, şu taksileri görüyor musun? Onların içinde şu an, şu bir saatlik zaman diliminde inanıyorum ki idama layık elli kişi geçmiştir. Ama idamla yargılanan ben oluyorum! Hiç günahım yokken... Kader yazmış.

Birden bire sanki onu cezaevine atan benmişim gibi hışımla bana döndü:

— Söyler misin, ben kimin kurbanıyım?! Beni kim yaktı?! Suçlumu bul! Benim suçlu mu bul!..

Çaresizlik Hülya'yı şaşkınlaştırmıştı. Ona nasıl cevap vereceğimi bilemiyordum. İşe taa başından başlamalıydım ki, teferruatlı bir şekilde anlatabileyim. Şimdi, birkaç kelimeyle anlatmam isteniyordu ki bu işler böyle olmazdı.

Hemen aklıma gelen ilk teklifimi söyledim:

— Hülya gel seninle bir program yapalım. Bildiklerimden bir şeyler anlatayım sana.

— Ne değişir ki!.. Geçmiş yıllarım geri mi gelecek?!

— Hayır. Ama şunu bil, insanın çilesi sadece geçmişte kalmaz. Daha önce de söyledim belki. Geleceği kaldırıp atma, gelecekte çok şeyler değişebilir. Yuva kurarsın, evladını, en önemlisi ahretini kurtarırsın. Bilgin artar, milletin kara lekelerini Allah'ın yazısı olarak görmezsin. Ruhunda hiç olmazsa Allah sevgisi olur. Ahiret gününe iman her zaman rahatlatır insanı. Bu psikolojik bir kârdır. Ya Allah inancı?..

Beni dikkatlice dinledi:

— Peki, öğret bakalım. Ama bana önce kimin kurbanı olduğumu öğreteceksin. Ben bu acıyı taşıyamıyorum. Dayanamıyorum, dayanamıyorum! Adına ne diyeyim, sen söyle?

Kalyoncu cevap veriyordu:

— Ya ben ne yapayım? Benim de günahım yoktu. Ama hem yavrumdan, hem de sevdiğim adamdan ayırdılar beni!

Çile tartışması yapılıyordu.

Konuyu dağıtmak istedim:

— Kızlar, biliyorum ikinizin de çilesi büyük. Allah sebep olanların akibetini görmeyi nasip etsin size...

Anlıyorum, fakat sizi teselli edecek kelime bulamıyorum. Yıllardır kendimce zulme karşı mücadele veriyorum. Ve yıllardır da okuyorum. Ona rağmen sizi teselli edebilecek bir şey var mı, bilemiyorum. Bana anlatın da konuşalım. Benim zehirlenip buraya gelişim size yarar belki. Tabii zehirlendim mi, zehirlediler mi, orası belli değil. Hülya'ya döndüm. Devamlı kaderi suçlama. Herşeyi kadere yükleyenler gibi olma.Kader sonuçtur başlangıç değil. İstersen sana bir şiir okuyayım? İster misin?

— Okuu...

Şeytan ruhunu içenler,
Kadehimi kader uzattı diyor.
Kurtarıcının ipini kesenler
Yıldırım gibi düşüyor

Şaşırdı insanlık her şey çok tuhaf
Suçlular libası kadere giydiriyor
İsyancı her zaman çıkardan taraf
Baba evladını devlere yediriyor

Dinimize mâledilen günahlar
Düzenin kamburunu gizli tutuyor
Her alanda çifte yüzler sunanlar
Nice masumları canlı canlı yutuyor

Eline geçirmiş gibi kaderi
Ona tekme atıyorlar
Hep konuşuldukça ileri geri
Yalancıktan biraz rahatlıyorlar

Hülya sinirli sinirli sordu:

— Sen bunu bana neden okuyorsun? Yine suçlu ben miyim? Benim suçum yoktu ki!..

— Senin için de söyleyeceğim. Bak bu bölüm sana:

Bazıları vardır hepten günahsız
Firavun suçunu çekerler onlar

Fani dünyadan bir gün apansız
Yerden cennete geçerler onlar

— Yani sabredersem cennete göçmen mümkün. Bu çileye rağmen Müslümanca yaşarsan...

— Ben gavurcamı yaşıyorum?! Bu nasıl söz böyle?!

— Bilmiyorum, sen nece yaşıyorsun... Veya başka bir soru sorayım: Yıllardır şu cezaevindesin, dinli dinsiz, Yahudi, Hıristiyan hepsini gördün. Onlar nasıl yaşıyor, sen nasıl yaşıyorsun? aranızda fark varsa sen bunu fark etmişsindir.

Birden boş bulunuyor Hülya:

— Aynen bizim gibi yaşıyorlar. Valla görsen gavur demezsin...

— Ya, demek ayırt edilemiyor. Kim kime benziyor sence?

Hülya biraz durakladıktan sonra mırıldanır gibi cevap verdi:

— Haklısın...

Bu arada Kalyoncu girdi araya:

— Hem de baştan sona haklı! Bizim yaşantımız gavurdan daha gavur!..

Hülya birden heyecanla soruyor:

— Okuduğun şiirde bir ipten bahsediyorsun. Onu anlayamadım... Ne demek o?

— O Allah'ın ipi demek. Buradaki ipi şöyle düşüneceksin: Farz edelim bu insanlar, derin, dibi bataklık bir kuyunun içindeler. Onlara kurtulmaları için ipler atılıyor. Amerikanın ipi, Avrupa'nın ipi. Onlara tutundukça iplerin hemen koptuğunu görüyorlar. Allah'ın ipini de "Buna ihtiyacımız yok." diye kesiyorlar. Allah'ın ipine tutunmadıkça bu insanlık batak bir kuyuda kalmak zorunda!...

— Ama bana kimse Allah'ın ipini uzatmadı ki!..

— Haklısın. Gel, bundan sonra Allah'ın ipinden tutun. Bir anda bunları anlatmak zor. Ben diyorum ki, gelin bir program yapalım. Sabah akşam birer saat ders yapalım...

Hülya biraz donuk cevaplıyor:

— Beni ona çevirecek bir şey bulunmaz sanıyorum, ama ders almaktan da bir kaybım olmaz. Peki başlayalım.

Çok şükür, işi bu noktaya kadar getirmiştik. Belki Hülya'nın yaralı gönlüne bir damla su serpecekti verdiğim dersler. Bu sevinçle tekrar ranzama döndüm.

Ertesi sabah hemen programı yaptık. "Kızlar, ilk olarak imanın işlenmesi, Allah'ın tanıtılması lazım. Ama bu gün için kaderi işleyelim. İsterseniz Ayşe'yi de alalım bu derse." dediğimde, Kalyoncu atıldı:

— Nuran Arat'ı alsak...

— Önce Nuran'ın ağzını arayalım, sonra karar veririz... dedim.

Nuran, Kur'an öğrenmek istediğini söyledi. Biz ise farklı bir ders yapacaktık. Ayşe, Hülya ve Kalyoncu. Üç genç kadınla derse başlamıştık. Ayşe kanserli bir genç kadındı. Omuzunda enteresan bir ur vardı. En az on kilo gelirdi bu ur. Öylesine bir acının içinde bile; 'Biz Allah'ın isteğine göre değil, modaya göre yaşadığımız için sapıttık, iyice zıvanadan çıktık,' diyordu. Ellerine aldıkları defter kalemle tam bir öğrenci gibiydiler. Koğuşta bulunan ranzalara oturduk. Derse başlamadan önce ben size Ayşe'yi tanıtmak istiyorum. Ayşe de düzenin çukuruna düşenler den.

Ayşe evliymiş. Üç de çocuğu varmış. Kocası ona hiç iltifat etmezmiş. Bir gün şunları anlattı:

'Böyle hayat olur muydu Hocam!.. Ben, kocam beni seviyor mu, sevmiyor mu, bunu bile bilmiyordum. Kocasından ilgi görmeyen kadın ne yapar, gözü dışarıda olur. Benim de gözüm dışarıdaymış ki, beni sevdiğini söyleyen bir gence hemen âşık oldum...' dedi. Ona izah ettim:

'Bilinçli bir Müslüman olsan aşık olmazdın. Her şeyden önce, evli bir kadına ilanı aşk yapan erkeğin namussuz biri olduğunu bilir, ondan tarafa bakmazdın bile. Bilinçli olsan kocanla oturur, güzel güzel beklentilerini anlatırdın...'

Ayşe hemen cevap vermişti:

'Merak etme Hocam, cezamı buldum! Şu anda en büyük darbeyi, üç çocuğumu onun için terk ettiğim adamdan yedim!'

Ayşe için Doktorlar 'Fazla yaşamaz.' diyorlardı ama Ayşe bunu bilmiyordu. Ayşe'nin farklı bir yapısı vardı.

'Ben bunlara benzemiyorum Hocam. Benim kötü yazımı kader yazmadı, ben kadere yazdırdım. Ama televizyonun etkisi çok fazla. Beni tahrik eden filmler vardı. Seyrettikçe, ordaki erkek gibi bir erkeğe ihtiyaç hissettim. Öyle filmler görmeseydim belki kocamla idare edebilirdim...' diyordu.

Ayşe'nin derdi kaderden değil, Ayşe öldükten sonra dirilme inancını kaybetmişti. Fatma'nın da inancı yıpranmış, küllenmişti...

Şimdi derse başlıyoruz. Bakalım ne olacak?.. Ben bildiklerimi anlatmakla mükellefim. Tesirini nasip edecek olan Allah'tır.

* * *

Rahman ve Rahim Allah'ın adıyla, diyerek başladım.

— Kızlar; önce kaderi ele alalım. Kader iki bakımdan ele alınır:

1) Allah'ın verdiği hayır veya şerre "külli irade" denir.

2) İnsanların istediği, yaptığı işler. Buna da cüz'i irade denir.

Günümüzde Allah'ın işleri de, zalimlerin işleri de kadere yüklendiğinden, başına kötü iş gelen her kimseye 'Bu senin kaderindir.' deniyor. Mesela kızı veya oğlu kötü yola düşmüşse, "Bunu sana Allah yazmış; ne yapacaksın kardeşim bunu çekeceksin." diyor. O zaman da:

'Nasıl olur da Allah kulunun günah işlemesine sebep olur?!' Gibi sözlerle ifade edilen bir itiraz başlıyor insanlarda.

Öncelikle şu âyet-i kerimeyi ele alalım: "O gün hiç kimseye haksızlık yapılmaz. Ancak işlediklerinizin karşılığını görürsünüz." (Yasin: 54)

Bu ayeti iyi yorumlayalım. Bu demek değildir ki

Allah'tan kuluna kötü bir şey gelmez, gelir ama o gelen her ne ise onda günah yoktur. Mesela hastalık. Eyyüb Aleyhisselam bile uzun seneler süren bir hastalığa yakalanmıştı. O yüzden hasta olanlara dua ederken, 'Allah Eyyüb Aleyhisselamın sabrından versin.' denir.

Kısacası, herhangi birinin kötü niyetiyle ortaya çıkan durumlar hariç her şey Allah'tandır. Said-i Nursi Hazretleri: 'Allah, kişinin başka zamanda işlediği günahın bedelini, bir başka şeyle de ödetir, bunu da çok gizli yapar.' diyor.

Hülya alınmıştı:

— Sakın bana taş atma! Benim bir günahım yoktu!..

— Seni kastetmiyorum. Senin günahın yoksa, o zaman kimin günahı olduğuna bakarız. Senin başına bu musibeti getirenler günah kazanır, sen de bu musibetlere sabrettiğin için sevap kazanırsın. İslam'a göre, birisine zina yaptı, demek için âdil olması şartıyla dört şahid aranmaktadır. Ama bu durum şimdi, zanna dayalı tahminler şahidlik ve delil kabul ediliyor. Katili illa bulacaksın diyenler, zoraki katil icad ettiriyorlar. Allah'ın kanununda katilin mutlaka bulunması şartı yok. Çünkü Allah onu nasıl olsa yakalayacağı için acele ettirmiyor. Bu nokta çok önemlidir.

Kalyoncu:

— Peki, ben sübyan mektebindeyken, hayır ve şer Allah'tandır diye öğretiliyordu. O nasıl şeydi?

— Evet, hayır ve şer Allah'tandır. Ama yaratılma bakımından. Mesela; ateşi Allah yaratmıştır ama birisi bir ev yakarsa o ateşle, ne olur? Ateş Allah'tan ama burada bir de suçlu var. Kaza ile yanarsa o zaman ikisi de

Allah'tan gelmiş demektir. Allah'a iman edenin ilk yapacağı şey sabır ve hamd etmek. Ve Yunus'un diliyle:

Hoştur bana senden gelen
Ya gonca gül yahut diken.

Tabii ki bunu da herkes yapamaz. Anladın mı Hülya?

Hülya yine düşünceliydi:

— Yani ben şimdi kimin kurbanıyım?

— Sen bozuk aile ve bozuk düzenin kurbanısın, isyanını da ona yapman gerekir. Bu fani dünyadan zararlı dönmeyelim.

Hülya bayağı etkilenmişti:

— Ben şimdi yıllardır boşu boşuna mı isyan ettim!? Peki, ben şimdi ne yapayım?

Hülya sessiz sessiz gözyaşı döküyordu:

— Şimdi ben çektiğim çileye mi yanayım, ettiğim isyanlara mı? Üstelik 'Senin bu alın yazınmış, mutlaka başına gelecekti.' diyenler Kur'an okuyan kişilerdi! O halde onlar neden böyle yanlış yaptılar?

— Ah kardeşim ah, eğer bu yanlışlar yapılmasaydı, herkes her şeyi kadere yükleyip, zalimleri masum gösterir miydi? Diyor ki şaşkının birisi: 'Müslümanların başına bomba atanların suçu yok. O bombayı onlara Allah (c.c.) attırıyor.'

Kalyoncu pek anlayamamıştı. Sordu:

— Sen şimdi kaderi inkar mı ediyorsun?

— Hâşâ, ben kaderi inkar etmiyorum. Ben beşeri

sistemlerin günahını alın yazısı olarak görmeyelim diyorum. O zaman zalimleri temize çıkarırsınız. Bu da olmaz. Ne demiştik kader şiirinde:

Şaşırdı insanlık her şey bir tuhaf,
Zulüm, çarkını kadere giydiriyor.
İsyancı her zaman çıkardan taraf,
Baba evladını devlere yediriyor.

* * *

O gün kader bahsini işlemeye çalıştım. Bayağı güzel anladılar. Ertesi gün geldiler:

— Hadi Hocam, bu günkü ders saatimiz geldi.

Bir tebliğci için bundan daha güzel bir şey düşünemiyorum. Kişiler anlatmamı kendileri istiyorlar. Oturduk, önce iman ne demektir onu ele aldık.

İman, lugatta inanmak demektir. İstilahtaki yani İslamî alandaki manası ise İslam'a inanmaktır.

İman konularının işlendiği ilim dalına akâid denir. Akâid, akîdenin çoğuludur. O da iman bahsi anlamına gelir. Akâid eşittir, inanç sistemimizin temel esasları.

Biliyorsunuz, imanda, önce Allah'a iman gelir.

Gerçek bir iman ise, Allah'a özel olan imandır. Kayıtsız şartsız Allah'a inanmak senin istediğin şekilde olmasa da hayat, Allah'ın verdiği her şeye razı olmak, çıkarına ters düşse de, yine Allah'a iman etmek, onun dinini sadece ona has kılmaktır iman. Ve ona şirk koşmamak...

Alman Filozofu Leibniz şöyle diyor:

'Allah'ın sanatına her bakışımızda sonsuz bir sanat harikasıyla karşılarız. Bize düşen vazife, o ilahi sanatın sanatçısına, hayranlığımızı bildirmektir.

'Her ne kadar şeytan ordusu durmadan çalışsa da böyleleri de çıkıyor. Çünkü 'İbrahim (as) Hizbullahın, Nemrut ise hizbüşşeytanın kendi çağlarındaki liderleriydiler.. Biri imanın iktidarı için, diğeri şeytanın iktidarı için savaş veriyordu. Ne ki her zaman olduğu gibi hizbüşşeytan ona karşı da devlet terörü estirmişti.

Nemrut'un ateşe attığı İbrahim değil, Hz. İbrahim'in imanıydı. Fakat Nemrut ne bilecekti imanın yanmayacağını. Evet iman her zaman olduğu gibi yakılıp yok edilemeyeceğini bir kez daha ispat ediyordu. —İman Risalesi'nden. Mustafa İslamoğlu—

* * *

Hülya'nın mahkemesinden bir hafta kadar önce, Türkiye gazetesinde muhabir olan Selami Çalışkan'a mektup yazıp mahkemeye girmesini rica etmiştim.

Günler sonra, Hülya heyecanla yanıma geldi:

— Hocam, Türkiye gazetesinde haberim çıktı. Selami Çalışkan öyle güzel yazmış ki, inan ağlamaktan kendimi kaybettim.

Bu sevinçli haberle bayağı iftihar ettim. Biz de sesimizi duyuruyorduk.

* * *

Hülya'nın mahkemesinin belirsizliği devam ediyordu.

Çok geçmeden ilginç bir mektup geldi Hülya'ya. Hülya heyecandan mektubu açamıyordu.

Bu mektup, Hülya'nın dünyasını değiştirecek bir mektuptu.

Hülya revirin salonunda, mektup elinde volta atıyordu. Biz revirdeki mahkumlar da heyecanlıydık. Sonunda Hülya mektubu açıp okumaya başladı.

'Ah talihsiz kardeşim.' diye başlıyor, ısrarla, 'Seni biz yaktık, ben yaktım ama kurtaracağım ve ben kocanın katiliyim. O adam ölümü hak etmişti ama sana yazık oldu! Onun için teslim olacağım...' diyordu. Hülya'da gözyaşı yine seller gibiydi ama bu defa sevinçten ağlıyordu.

Çok geçmeden söylentiler ortalıkta dolaşmaya başlamıştı.

— Hülya'nın kocasının katili, haberi Türkiye gazetesinde okuyunca vicdan azabı çekmiş, hemen bu mektubu yazmıştı.

Doğru muydu bilinmiyordu ama Hülya, Selami ağabey Allah senden razı olsun, diye diye ağlıyordu.

Müslüman olsun da çamurdan olsun. Bir de muhabir olursa hiç iftira etmezdi. İşte Selami Çalışkan da Müslümanca haber vermişti... Katilin vicdanının bu kadar geç uyanması da düşündürücü idi. Dokuz yıl bir yavruyu diri diri yakan insan nasıl bu kadar süre rahat uyumuştu.

Hülya çok neşeliydi, mutluydu.

* * *

Sohbetlerimiz güzel gidiyordu.

Beni tekrar cezaevine yollamış, sonra tekrar hastalanınca yine aynı yerde tedavi görmeye başlamıştım... Derslerimize de yeniden başlamıştık. Hülya çok zor ikna olmuştu.

Selami'nin haberi, Hülya'ya moral vermişti. Yine de bir korku vardı içinde. Mırıldanıyordu:

İnandım ki yaşamak,
Ellere kalmış Ya Rabb!
Güzellikler saklamak,
Güllere kalmış Ya Rabb!

Çok geçmeden katilin teslim olduğu haberi duyuluyordu.

Herkes:

— Helal olsun, dokuz yıl sonra da olsa yine adamda vicdan varmış! Hiç olmazsa kızcağız beraat eder, diyordu.

Kimi de bu işlerin nasıl yürütüldüğünü çok iyi bildiği için farklı şeyler söylüyordu:

— Boşuna hayal kurmayın! Bu kızın masum olduğu anlaşılsa bile beraat vermezler.

— Neden verilmesin?

— Dokuz yılı aşkındır kızı cezaevinde yatırmışlar. Ne yüzle beraat ettirecekler?! Beraat ettirseler de ne cevap verecekler?! Sormazlar mı adama, bu kızı neden bunca yıl yatırdınız, diye. O yüzden berat vermezler hayal kurmayın...

* * *

Bütün bu gelişmeler devam ederken, Hülya yaptığımız derslere katılıyor, verdiğim romanları da okuyordu.

Ona önce "Bize Nasıl Kıydınız" romanı verdim. Sonra da S. Asımgil'in Siyah Zambak ve Merve'yi, H. İsmail'in Minyeli Abdullah'ı, Senatörün Kızı'nı, Ş. Yüksel Şenler'in Huzur Sokağı'nı ve daha birçok romanı okuttum. Bu arada onu korkutmuşlar, Romanla olan nişanını attırmışlardı.

'Bir yer bulamazsam, yatılı hizmetçilik işi bulurum.' diyerek yüzüğü geri vermiş, çok sevdiği Nadire Hanımdan koptuğu için de huzuru kaçmıştı. Ama gerçekten hizmetçilik işi bulabilecek miydi? İşte onu zaman gösterecekti. Allah ömür verirse neler olduğunu "Sabıkalı ve Dul" isimli ikinci romanında okuruz..

* * *

Her şey zaptolur da, gönül işi biraz zor olur. İnsanın kalbini kendi istediği gibi yönlendirmesi için âlim olması gerekir. O zaman bile çok yorulması gerekir.

Hülya ise, zaten sevgiye susamış biriydi. Bir gün hiç ummadığım bir anda bana sordu:

— Abla! Sence Taştan nasıl biri?

— Taştan kim?

— Şu kapımızda bazen nöbet tutuyor ya işte o asker.

— Ha, nöbetçi duran dindar çocuk!

— Evet. Hocam sana bir şey söyleyeyim mi? Sanki

on dört yaşındaki bir kızmışım gibi ona vurgunum. Acaba ben delirdim mi?

Nasıl cevap vereceğimi şaşırdım.

— Peki, sen kendi kendine mi gelin güvey oluyorsun, yoksa o mu böyle bir şey söyledi?

— Bilmiyorum abla. Konuşmaları bana ümit verdi.

Hülya düpedüz Taştan'a aşık olmuştu. Erkeklere umut veren kadınlar hemen kötü damgası yerlerken, acaba kadınlara umut veren erkeklere ne söyleniyordu? Düşündüm, şimdi bu çilekeş masum bir de buradan darbe yerse durumu ne olur?

Hemen ilk işim Taştan'ı parmaklıkların önüne çağırtmak oldu.

Bana karşı çok saygısı olan Taştan'ın yalan söylemeyeceğini umuyordum. Birkaç kişiyi böyle arabuluculukla evlendirmiştim. Belki Hülya'yı da evlendiririm, diye uğraşıyordum.

Hemen konuya girdim:

— Taştan kardeşim, bana açıkça söyler misin Hülya ile evlenmek gibi bir niyetin var mı?

Taştan dürüst bir doğuluydu. Hemen cevap verdi:

— Ben almayacağı kadına kıza umut veren namussuzlardan değilim abla! Hülya'yı ruhum çok sevdi, üstelik çok da acıyorum ona...

— Peki, eğer öyleyse ben size yardımcı olacağım. Ama ailen ne der bu işe?

— Biraz mırın kırın ederler ama ben onlara zorla kabul ettiririm.

— Ne olur iyi düşün kardeşim! Bu kız sevgiye

muhtaç. Anasına babasına, bütün dünyaya kapattığı gönül dünyasını sana açacak. Sakın buna ihanet etme olur mu? Allah'ın gazabına uğrarsın. Allah ceza vermekte acele etmez, her cezayı hak edene hemen ceza verse, kendisini göstermiş olurdu. O yüzden hemen vermiyor cezaları. Boşa dememişler:

"Allah'ın intikamı kula benzemez,

Allah'ı tanımayan bunu bilemez."

Bir vurdumu da devası yoktur."

— Yok abla. Ben senin bildiğin insanlardan değilim...

Koğuşa geldiğimde, Hülya'nın beni dinlediğini fark ettim.

Gözleri dolu dolu olmuştu. Boynuma sarılarak sordu:

— Abla be, ailesi istememezlik ederse onlarla konuşur musun?

Hülya derslerde bana Hocam, dersten biraz uzaklaştığımız zaman abla diyordu. Onun sevincini kırar mıydım:

— Sen bu mahkemede çıkarsan senden bir yıl sonra da ben çıkarım. Onlara nasıl gideyim Hülyam? Bir yıl sonra dersen hay hay. Ucunda ölüm bile olsa giderim.

Artık Hülya'nın cezaevine, Taştan güneşi doğmuştu. Çok mutluydu... Kendisini seven, ama aldatmadan seven birisi vardı. Kumarı olmayan, temiz, "Anadolu'nun bağrından çıkan" bir gençti bu.

Artık Hülya, küskün olduğu dünyaya daha bir umutla bakıyordu.

* * *

Son mahkemeye on gün kala dersimize devam ediyoruz:

— Kızlar, önce Allah'ı tanımak, ona inanmak niyetinde olalım. Niyet çok önemlidir. Çoğu insan 'dilediği gibi yaşayamayacağını' bildiği için, Allah'ın varlığını bilse bile, inanmaktan kaçar.

Allah'a inanmak hem çok kolaydır hem de zordur. İnkarında ise emperyalistler haricinde kimsenin kârı yoktur.

Çağın bunalımlarından birkaçını sayınca göreceğiz ki, inançsızlık kişinin kendisine yaptığı çağdaş zulümdür.

Mesela, kadere iman eden kederden emin olur. Ama kadere iman etmeyen, (zalimlerin suçunu alın yazısı zannetmeyin demiştim) kaza ile adam öldürse ya da başka bir şey yapsa kan gövdeyi götürür. Kazayı yapan da alabildiğine huzursuz olur. İsterseniz şöyle özetleyelim:

1) Allah'a iman, kalbin dayanağıdır. Ayrıca, güç aldığı ve dinlendiği bir destektir. Bu dünyalık yönü.

2) Kişi bunaldığı zaman ona dua eder, ibadetini yapar huzur bulur. Zamanında ibadetini yaparsa da cenneti bulur. Ebedi âlemde mutlu olur.

3) Çok bunaldığı konularda Allah'tan ümidini kesmediği taktirde, bir nimet olan ümidin kapısını her zaman açık bulur.

4) Zikir yaparsa, ölü kalbi dirilir. Kalbindeki şüpheler yavaş yavaş gider. Bir taraftan okumak şartıyla tabii.

Allah Rasulüne sorulur: "İbadetlerin en büyüğü

hangisidir?" İki cihan serveri: "Allah'a imandır." Buyururlar.

'Ondan sonra nedir?', 'Allah yolunda cihat etmektir.' —Sahihi Müslim—

Bir başka hadis—i şerifte de, şöyle buyurmaktadırlar: 'Bir insan görürseniz, Allah'a inanmayan, ona önce Allah'a imanı tebliğ edin. Allah'a inanan bir insansa önce namaza davet edin.'

Kardeşler; Allah'ın izniyle, iman bahsinde biraz duracak, sonra da namaza ait bilgiler vermeğe çalışacağız.

Hülya zaten üç aydır namaz kılıyordu. Sormadan edemedi:

— Canım Hocam namaz kılıyoruz ya, derse ne gerek var?

— Ama namaz içinde namaz vardır Hülyacığım. Namazın bir hakikisi bir de sureti, yani görünüşü vardır. Bizler henüz namazın suretindeyiz. Aferin sen başladın. Ama daha sağlam olması için, başına ne gelirse gelsin namazını terk etmemen için iman çok sağlam olmalı. Sırf cihad sırf örtü yetmez. Piyasada namazsız mücahidler dolu. Bir hevesle başlanan namaz, bir hevessizlikle biter. O yüzden çok güzel imana sahip olmak lazım. Çok güzel iman etmenin de üç yolu vardır: İlim, tefekkür ve zikir.

Bakınız, bazıları da iman edince, ona minnet duymamızı ister.

Kalyoncu bölüyor sözümü:

— Aaa! O da ne biçim şeymiş canım, insan Allah'a iman edince neden kuldan ilgi beklesin?

— Bekler. Beklemesi de normaldir. Ama İslam'a dönen bazı kişiler vardır ki, İslam'a dönüşlerini kişinin burnundan getirirler. Getirirler, çünkü Allah'a özel iman değildir imanları. Sûnîdir. Nice insandan şu sözleri duyarım: 'Kocam içkiyi bırakıp Cuma namazına başladı. Azıcık bana kızmış olsa, tekrar içerim haa! diye beni tehdid ediyor...'

'Başımı açarım ha, sakalımı keserim ha.' gibi tehditlerin hepsi Allah'a ve dinine tam iman edilmemesinden kaynaklanır. Ya da zor zamanda, sanki namaz, örtü fazlalıkmış gibi, çok sinirlendiyse, açılınca, ya da sakalını kesince siniri gidecekmiş gibi, zayıf amelden ya da İslamsızlıktan medet umanlar yüzünden birçok insanın inananlara itimadı kalmamıştır. Kime bu sitem?! Döndünse Allah'a döndün. Sevabın benim mi olacak ki hava atıyorsun.

Böyleleri için bakın Allah (c.c.) ne buyurmuştur:

'Onlar imana girmekle seni minnet altında bırakmak istiyorlar. Onlara de ki: Müslümanlığınızı başıma kakmayın. Eğer gerçekten iman ettiyseniz, sizi imana kavuşturduğu için, asıl siz Allah'a minnettar olmanız gerek.' -Hucurat: 17-

Kısacası, sadece Allah'a iman etmeli insan. Kullardan bir karşılık beklememeli.

Size birisini anlatayım da ne demek istediğim daha güzel anlaşılsın.

Kitabımı okuyan bir hanım dönüş yapmış. Sonra da kocasını etkilemiş. O da başlamış namaz kılmaya. Kadın sevincinden uçuyor. Adama para lazım, kadıncağız, aman kocamın morali bozulmasın da namazını bırakmasın diye kendisini harcıyor, hırpalıyor. Allah'a ne kadar şükretsek azdır, böyle fedakar ruhlu bacılarımız var.

Adam da bakmış ki hanımı parçalanıyor. Her sıkıştığında Allah'a imanını, kadına karşı kullanmaya başlıyor. Bir böyle iki böyle, çekirge bir gün yakalanıverir. Kadın bunu fark ediyor. Bir gün ona şu soruyu soruyor:

— Baksana Metin! Sen bana mı ibadet ediyorsun yoksa Allah'a mı?

Yiğitliği de kimseye kaptırmayan koca cevap verir:

— Tabi ki Allah'a.

— O halde bana neden bedel ödetiyorsun?

O günden sonra durum tamamen değişiyor. Biz o yüzden sağlam temeller üzerine bina edilmiş imanı elde etmeliyiz.

Allah Rasulü diyor ki: 'İman etmedikçe cennete giremezsiniz, birbirinizi sevmedikçe tam iman etmiş olmazsınız.' -Buhari-

İmanı, kardeş sevgisini böyle anlamak lazım. Fakat bunlar programlı tahsille anlaşılabilecek bilgilerdir. İnşaAllah ihmal etmezsiniz.

* * *

Derslerin daha belki de onuncusuna gelmemiştik ki, bir astsubay ve iki er koğuşumuza geldi:

Astsubay bana dönerek:

— Aldığımız istihbarata göre, burada örgüt kurmuşsun?!

Gülümseyerek cevap verdim:

— Yıllardır iki kişi bir araya gelse adına örgüt dediniz ama hâlâ değil örgüt kurmak, tavuk kümesi bile kuramadık gibi geliyor bana...

— Bir daha böyle şikayetler duymak istemiyorum, deyip gitti.

Ayşe bu ikazdan ürkmüştü. Ömrü kısaydı ama yine de Allah'tan çok onlardan korkuyordu. Sonuçta Kalyoncu da cezaevine dönünce ders bitti.

Hülya'nın beş günü kalmıştı. Yine haklı olarak yerinde duramıyordu:

— Abla! Bu defa çıkmazsam çıldırırım! Mutlaka çıldırırım. Ne yapıp edip çıkmam lâzım! Taştan'ın da tezkeresine az kaldı. İnşaAllah evleniriz de bundan sonra mutlu olurum...

Hülya çocuklar gibi şendi.

Taştan ona âdeta garanti veriyor, 'Kim karşı çıkarsa çıksın seninle evleneceğim!' diyordu.

Hülya artık yerlere göklere sığmıyordu. Dünya'ya değişmediği bir sevdiği vardı artık. Onu öyle görmek beni biraz üzüyordu ama kimsesizlik onu böyle yaptığı için bir şey söylemiyordum.

Kimsesi olmadığına ben de iyice inanmıştım. 'Annem babam öldü.' demişti. Ben de romanını yazıyordum, kimsesiz Hülya'nın romanıydı yazdığım.

Bir gün ummadığımız bir anda tel örgülerinin önünde bir kadınla bir erkek belirdi. Hülya Tekel'i arıyoruz diyorlardı. Hülya uzaktan şöyle bir görmüştü gelen ziyaretçileri. Nereye gideceğini ne yapacağını şaşırdı. Önce 'Burda yok.' deyin dedi. Sonra gitmeye mecbur kaldı. Buz gibi soğuktu Hülya. Gidip kadına sonra da beyaz sakallı adama sarıldı. Adam ağlıyordu. Hülya da ağlıyordu ama gözyaşlarını saklıyordu. İki de bir 'Ama neye yarar.' diyordu. 'Yıllardan sonra neye yarar!..'

O iki ziyaretçisiyle fazla konuşmadı. Arkalarından: 'Bana öldükten sonra geldiğiniz, artık neye yarar, ki!' dedi.

Ben de çok merak etmiştim. Israrla sordum:

— Bunlar kim Hülya dedim.

Kulağıma yavaşça eğilip:

— Amcamla karısı, dedi.

Meğer annesiyle babasıymış. Ben onların anne ve babası olduğunu duyduğum zaman şoke oldum. Ve: 'Neden bana yalan söyledin? Ben sana bu kadar güvenmiştim. Artık hiçbir sözüne inanmam!' diye kızdım, koğuşuma gelip kapıyı hızla kapattım.

Akşam olunca yanıma geldi:

— Bak Abla. Herkes vursun bana ama sen vurma! Senin vuruşuna hiç tahammül edemem! Onlar benim hayatımı mahvetti. Artık onları defterimden silmiştim. Ne yapayım abla. Dokuz yıl ben ne acılar çektim. Sen bilmiyorsun. Onlar bana sahip çıksaydı ben beraat ederdim. Şimdi ablam şahitlik yapsa yine de beraat ederim. O terk ediliş duygusunu sen bilemezsin ablam, onu ben bilirim ancak!..

Acıyordum Hülya'ya ama biraz kırgınlık kalmıştı.

Çok geçmeden bir gün yine bir ziyaretçisi geldi Hülya'nın. Ziyaretçisin yanına ben de gittim.

— Afedersiniz, siz Hülya'nın nesi oluyorsunuz? dedim.

— Ablasıyım, dedi. Kulaklarıma inanamadım. Görünüşü çok temiz bir insandı. Nitekim, cezaevinden sonra bende emanet olan ağır bir altın zinciri kaybetmiştim, yolda düşürmüşüm. Arkamdan, altını alan kadın benim girdiğim evi bulup altını bana veriyor. Hava karanlığında kim olduğumu göremiyor. Bu kadın kim olsa iyi, Hülya'nın ablası.

— Nasıl yaptınız bunu? diye sorduğumda, ilginç bir cevap aldım.

— Sormayın kardeşim, biz o hatayı yaptık. Gazetelere inandık. Bizimkiler daha inanıyorlar! dedi.

Hülya'nın hayat akışı o kadar hızlı değişiyor ve o kadar enteresan olaylar oluyordu ki, yazmaya yetişemiyordum.

* * *

Hülya artık tesettürüyle gider mahkemeye.

Hülya Tekel mahkemeye çıkmak üzereyken bir mübaşir gelir yanına:

— Hülya kardeşim. Sana acı bir haberim var Bu gün seni salıverecekler ama yine de kendilerini kurtarmak için sana altı yedi yıl hapis cezası verecekler.

Hülya şok etkisiyle bunları dinliyordu. Gerçekten de hakimin tok sesi salonu sarsıyordu

— Gülsen Tekel ayağa kalk! Hadi geçmiş olsun. Seni salıveriyoruz.

Birden bire neye uğradığını şaşıran Hülya, nedense bu habere sevinememişti. Yılların hıncını alır gibi savcıya ve hakime dikmişti gözlerini:

— Şimdi nere gideyim hakim bey?! Kimin kapısına, hangi eve gideyim?! Bana gidecek yer mi bıraktınız?! Bana ne bıraktınız ki gideyim?! Beni suçsuz yere yargıladınız. Ama bekleyin, ben sizleri öyle büyük mahkemeye verdim ki, benim dokuz yılımın hesabını siz orada vereceksiniz. Benim dokuz yıl dokuz ayım, on yıl sayılır, bu yıllar acı da olsa geçti. Ama siz... Sizin ceza yıllarınızı dokuz on yılda bitiremeyeceksiniz?!..

Gözyaşları içinde geri dönen Hülya, Taştan'ı hatırlayınca, serbest kalışına aşırı derecede sevinir.

Biz de merakla Hülya'yı bekliyorduk. Bir de baktık ki, hem ağlıyor hem gülüyor Hülya.

— Bitti bitti abla. Artık dışarıdayım! Hürüm, özgürüm!

İçi içine sığmıyordu Hülya'nın. Birden omuzları düştü. Ranzaya yaslandı, garip garip yüzüme bakarak sordu:

— Peki abla ben nereye gideceğim?!..

Öyle ya nereye gidecekti?! Biraz durakladıktan sonra karar verdim:

— Bize gideceksin. Bizimkilere çok insan gönderdim, kimi dolandırdı onları, kimi psikopat çıktı. Onlar benim gönderdiklerimden bıktılar ama yine de son kez seni göndereyim. Merak etme, Asiye Eracun da seninle candan ilgilenir. Beni beklersin. Ben de çıktığım zaman Allah izin verirse sana öz ablan, gibi düğününle ilgilenirim...

Hülya'yı Türkiye Gazetesindeki yazıdan dolayı salıvermişler, ama cezasız bırakmamışlardı yine de.

Karardan sonra Hülya'nın raporunu büyük bir sabırla hep beraber okuyalım.

Rapor 1) Ağır cezadan. Raporun aslından alınmıştır. Allah izin verir de, Hülya'nın ve benim ömrümüz uzun olursa, 6 yıl 8 aylık cezanın da tamamen ortadan kalkması ve Hülya'nın onurunun iadesi için elimden geleni yapacağım. Önce Türkiye'deki var denilen adalette arayacağım Hülya'nın hakkını. Sonra uluslar arası mahkemeye müracaat ederek, gerekirse kaç kuruşum varsa yoluna feda ederek bu yola başvuracağım.

Onun için ilgililere sesleniyorum.

Gerek Hülya'nın ablası, gerek o şahitlik yapmayan yan komşusu. Veya cinayeti şleyen kardeşler. Ya da Hülya'nın mahkemesinde bulunan savcı, hakim, vicdanlı olan herkes, ona işkence yapanlar, zorla 'Ben öldürttüm.' dedirtenler! Eğer hayatta iseniz ve de bu satırları okuyorsanız, vicdanınızda bir rahatsızlık varsa, pişmanlık duyuyorsanız ve de bu âlemin bir gün biteceğine inanıyorsanız bana yardımcı olun. Noter tasdikli 'Hülya Tekel'in lehine şahitlik yapacağım.' diye bana bir belge ile mektup yazın. Eğer saydığım kişiler arasından üç kişi merhamete gelir de bana yazarsanız, benim de ömrüm olursa, Hülya'nın onurunu iade mahkemesi açtıracağım. Kanun yoksa çıkartılması için ömrümü bile harcamayı göze alıyorum yeter ki sizler bir parça merhamete gelerek bu insanlığı yapın. Zaten siz en ufak ceza görecek değilsiniz. Ama Hülya'nın hakkı kalan herkes, 'Onun suçu yoktu' diyen katiller hariç herkes, bu hakkı pahalıya öder.

Hülya'nın hayatı mahvolsa da sevindiği konular vardı:

Taştan'la evlenecek, her şeyden önemlisi gidip babasını uzaktan görecekti. Böyle şeyler filmlerde olur zannediyordu Hülya, ama kendisinin de böyle bir filmde başrol oynadığını, yıllar sonra görecekti...

VEDA

Hülya apartopar hazırlanıyordu ama dışarı nasıl çıkacaktı?!.. Dokuz yıl -dokuz ay-, dokuz gündür -bunlar kafiye değil, gerçekten 9 yıl, 9 ay, 9 gün yatmıştırcaddeye ayak basmamıştı. Yarın sabah çıkacaktı. Kah heyecanlanıyor, kah donuklaşıyordu.

Birden Taştan kapıda belirdi. Beni görünce çağırdı:

— Abla bir dakika gelir misin?

— Buyur Taştan kardeşim, ne oldu?

Taştan telaşlıydı:

— Abla. Hülya şimdi nereye gidecek?

— Bize gidecek.

Taştan bu habere çok sevindi.

Hemen ilave etti:

— Ben hemen ailemi gönderip sizden istetirim. Eşiniz ve Babanız, kız tarafı olsun. Hülya'nın daha fazla sürünmesine göz yummayacağım. İnşaAllah bundan sonra yüzü gülecek Hülya'nın.

Bu arada Hülya da yanımıza geldi. Gözleri dolu dolu konuştu:

— İnşaAllah, senden de darbe yememem.

Taştan samimiydi. Ama ailesi ne yapacaktı? Hülya yeni örtünmüştü. Devam ettirebilecek miydi? Bizimkileri sevebilecek, birden salıverilmesine dayanabilecek miydi? Bundan sonra dışarıda Hülya'yı ne bekliyordu? Benim kafamdaki sorular bunlardı.

Çantasını hazırlayan Hülya'yı dışarıda yeni edindiği kardeşleri benim yakınlarım bekliyordu. Koğuşta ikimiz vardık. Bir taraftan hazırlanıyor, bir taraftan soruyordu:

— Abla! Acaba Taştan'dan bana ihanet gelir mi?

— Gelmez gibime geliyor. Ama insanoğluna sonsuz güven duymak hatadır.

Hülya çılgın gibiydi:

— Abla! Ben gerçekten çıkıyor muyum?

— Şüphen mi var?

— İnanamıyorum abla! Şurdan birisi gelecek, 'Yanlış olmuş sen çıkmıyorsun.' diyecekmiş gibi bir his var içimde. İyice itimadımı kaybetmişim.

Hülya biraz duruyor, yine aynı şeyi soruyordu. İyice şaşırmıştı:

— Abla be! Emin misin, Taştan bana ihanet etmez değil mi?

— Hülya, bu kadar salma kendini. Hayatını bir insanın durumuna göre tanzim etme. Sen artık bilinçli Müslüman olmaya doğru gideceksin.

— Haklısın abla... Ne yapayım, Taştan'dan ayrılırsam ölürüm sanıyorum.

* * *

Hülya'yı hep beraber uğurladık. Sonra da hep beraber pencereye geçip onu bir de bahçede görmek istedik.

İşte. İşte orda. Bize baktı. Demir parmaklıkların sıklığından hemen görünemiyoruz herhalde ki aşağıdan yukarıya doğru seslendi.

— Heey! Bana bakın bana, gerçekten dışarıdayım! Ellerimde de kelepçe yok! Resmen yere basıyorum. Ne olur, rüya olup olmadığını kontrol edin! Bu rüyadan uyanmak yıllardır olduğu gibi, yine kendimi cezaevinde bulmak istemiyorum!..

— Rüya değil Hülya rüya değil. Yolun açık olsun... Dilerim bozuk düzenin koynunda dokuz yıl dokuz ay yattıktan sonra, düzenin çıyanlarının eline düşmezsin!..

Biz, Sağmalcılar 'Bayrampaşa' revirinin penceresinden görebildiğimiz yere kadar takip ediyorduk. Uzun yürüyüşleri unutmuş, çimenleri de yer yer öpüyordu.

Dış kapıya doğru yaklaştığımda artık Hülya'yı göremez olduk.

—SON—

Hülya'nın ikinci hayatı "Sabıkalı ve Dul" da

TAKDİM

İslam'ın İslam ülkelerindeki garipliği, aslında her Müslümanı derinden yaralayan, dini izzet ve haysiyetini rencide eden bir saik olması icab ederken, asırlardır tahribata uğramış ve bu tahribatla manevi hasletlerinin pek çoğunu kaybetmiş bulunan günümüz Müslümanlarının ekserisi, bu kahredici garipliği ne yazık ki soğuk taş duvarlar kadar hissiz ve duygusuzca, donuk bakışlarla seyretmekten öteye geçememektedir!

Derin yaraların acıları büyük, sancıları şiddetli olur.... Bu acı ve sancıları duymamak için hasta bayıltılır, ya lokal uyuşturucu maddelerle uyuşturulur veya morfin gibi müessir iğnelerle rahatlatılır.

İşte bugün her biri küfür, isyan, zulüm, şirk ve türlü ahlaksızlıklar sahnesi haline getirilen İslam ülkelerinde her şeyden habersizce yaşayan ehl-i özenti Müslümanların hâli bunun gibidir. Bünyesini baştan başa derin ve korkunç yaralar kapladığı hâlde, o herhangi bir acı ve sancı duymaksızın sakin ve huzurlu bir hayat sürmekte, şairin: Siz, hayat süren leşler, sizi kim diriltecek?... Hitabına muhataplar olarak âdeta bayıltılmış, kendinden geçmiş veya uyuşturucuyla uyuşturulmuş gibi.

Fakat buna karşılık, aynı ülkelerde ve bu uyuşmuş, uyuşturulmuş Müslüman toplulukların içinde yaşayan öyle müstesna kişiler vardır ki, onların yaraları kalplerindedir... Sancıları gönüllerdedir.... Dumanları göklere yükselen alevli yangınları gönüllerindedir onların.... Onlara ne eter, ne morfin, ne de lokal uyuşturuculardan herhangi biri tesir edebilir.... Kalplerini öyle bir ateş, bir yara, öylesine dayanılmaz bir acı ve sancı kaplamıştır ki, âh-u figanlarından yeri göğü sarsıp yıkmak isterler, başlarına gaflet yorganını çekmişleri daldıkları gaflet uykularından uyandırmak için canhıraş feryatlarla haykırmak isterler.... Fakat ne çare?!.. Bir zâlim el, yükselen bu ses ve feryatları, daha yükselip duyulmadan kesip gömmek için dâima hazır beklemektedir.

Onlar... Sayıları çok az olan o müstesnalar ise, ağızlarına kapatılan elleri ısıra ısıra, buldukları, bulabildiklerini boşluklarda, fırsatlarda hak ve hakikati haykırmaktan bir an geri durmazlar, duramazlar.

Çünkü onların derdi, uyuyanlar, ağrı ve sancıyı duymasın diye uyuşturulanlardır... Ve onlar, onlara seslenirler avaz avaz.... Uyuyanlara.... Uyuşturulanlara....

Şairin haykırdığı gibi haykırırlar her fırsatta... ve her şeye rağmen:

Yıllarca, asırlarca süren uykudan uyan artık
Silkin de muhitindeki zulmetleri yık
Bir baksana: Gökler uyanık, yer uyanık
Dünya uyanıkken uyumak maskaralıktır

Ey Milet, uyan! Cehline kurban gidiyorsun
İslam'ı da "batsın" diye tutmuş, ye diyorsun

Ve devam eder feryadına, yangın bacayı, saçakları sarmışken yatağında kıvrılıp yatanların kulaklarını çınlatırcasına... acı acı.... Yanık yanık:

UYAN
Baksana kim boynu bükük ağlayan
Hakk-ı hayatın senin ey Müslüman
Kurtar o biçareyi Allah için
Artık ölüm uykularından uyan

Bunca zamandır uyudun, kanmadın
Çekmediğin kalmadı, uslanmadın
Çiğnediler yurdunu baştanbaşa
Sen yine bir kere kımıldamadın

Sonra da milleti acısız, duygusuz, hissiz ve ruhsuz yaşatmak için uyuşturucu müptelası hâline getiren zalimlere başlarını dikerek meydan okurlar korkusuzca, yiğitçe, kahramanca:

Ey vatansız derbederler, ey deni kundakçılar
Milletin az çok duran bir dini, bir namusu var
Şimdi nevbet onların... Yansın da onlar, öyle mi
Tarumar olsun bütün bir Müslümanlık âlemi

Ey haya namında bir hissin vücudundan bile
Pek haberdar olmayan yüzsüz, hayasız! Bak hele!

Evet, meydan okurlar ve yüreği yangınlar, kalpleri yaralı, gönülleri en ulvi ve yüce bir davanın acı ve sızısıyla kıvrananlar... Önlerine çalılar, dikenleri konsa da... kanayan ayaklarıyla, mayın tarlalarında ilerlercesine devam ederler cihadlarına, mükaddes kavgalarına:

Cehennem olsa gelen, bağrımızda söndürürüz,
Bu yol ki Hakk yoludur, dönme bilmeyiz, yürürüz!

Diyerek azimli ve kararlı... Dimdik ve vakarlı adımlarla... Daima ve yılmadan ileriye, hep o mukaddes hedefe doğru....

Onlar..!

İşte onlardan biridir Emine Şenlikoğlu Özkan

Gençliğin İmanını Sorularla Çalan ve bu sorulara "çünkü" lerle cevaplar verdiği için onu mahkum eden zihniyete: "Bize Nasıl Kıydınız diye haykırıyor, onurlu başını dikerek: Biz Bu Vatanın Nesi Oluyoruz, diye hesap soruyor, sonra davasının insanına dönerek, âdeta yalvarırcasına: Ne Olur İhanet Etme diye sarsıyor, silkeliyor Müslüman kardeşini... Ve en nihayet şu son zamanında, her yanıyla laçkalaşmış bozuk düzen havarilerine, bu düzenin sayısız kurbanları adına kezzaptan yakıcı bir serzenişle soruyor: "BEN KİMİN KURBANIYIM"

Onlar..!

Evet onlar... Her devirde vardır onlar!..

Dün de vardılar, bu gün de varlar, yarın da olacaklar biiznillah!.. Bütün mesele, Emine Şenlikoğlu gibi her türlü cefa ve kahrına rağmen şairin:

Bu dava öksüz, bu dava garip, bu dava büyük!..

dediği gibi bu öksüz, garip, ama büyük davayı bütün ağırlığıyla zayıf ve nahif omuzlarına şerefli bir yük olarak yüklenmek... Yüklenebilmek... Mukaddes yükün hamalı olmak!..

Hasılı son sözü söylemek gerekirse:

Yükün ağır Eminem, çekebildiğince çek
Dönmezsin sen bilirim, kalsan da davanda tek

Diyor ve elinizdeki bu çok ibretli kitabı severek okumuş biri olarak, onu iman kıyımına uğramış evlat, kardeş, arkadaş ve yakınlarınıza hararetle tavsiye, hatta hediye etmeniz temennisiyle, bilvesile Emine Şenlikoğlu'na yeni çalışmalarında üstün muvaffakıyetler diliyorum.

Şule YÜKSEL ŞENLER